JN315305

鈍感力

渡辺淳一

集英社文庫

文庫発刊にあたって

本書は平成十九年二月に刊行して以来、百万部を突破。本のタイトルである「鈍感力」という言葉は、この年の流行語大賞にノミネートされた。

これも支持してくださった多くの読者のおかげだが、一般化するとともに、ときに誤った使いかたをされたこともあった。

たとえば、政界などで問題を起こしながら平然としている政治家に対して、「鈍感力のある政治家」などと表現している記事を見かけることもあった。

わたしはこうした記事を書いた新聞記者に、『鈍感力』をきちんと読むように、と注意したことがあるが、この使いかたは明らかに間違っている。

いうまでもなく、こうした無神経で鈍感な男は、単なる鈍感でしかない。

だが、わたしが本書で述べている鈍感力とは、長い人生の途中、苦しいことや辛いこと、さらには失敗することなどいろいろある。そういう気が落ち込むときにもそのまま崩れず、また立ち上がって前へ向かって明るくすすんでいく。そういうしたたかな力を鈍感力といっているのである。

以上のことは、本書を読めば自ずとわかることだが、ぜひ誤解しないで読みとっていただきたいものである。

それにしても、鈍感力はどうしたら身につけることができるのか。その点について、本文では少しいい足りないところもあるかもしれないので、つけ加えておくが。

その第一は、まずおおらかなお母さまに育ててもらうことである。

最近は、子供の学校の成績から生活態度にまで、こと細かく口出しする母親が多いようだが、そうしたこうるさい母親からは、鈍感力をもった、おおらかな子供は育たない。

それより、子供が多少成績が悪くても、ときに暴れん坊でも、おおらかな目で、ゆったりと見詰めて育てることである。

さらに望ましいことは、なにかことある毎に子供を褒めてやる。

むろん、悪いことをしたときは、きちんと叱り、厳しく注意しなければならないが、なにかいいことをしたときは、すぐ率直に「お母さん、あれには感心したよ」「よく頑張ったね、素晴らしかった」とたたえてやる。

いうまでもなく、子供は単純な生き物だから、褒められることで嬉しくなり、自信がつく。

「これでいいのだ」と思うことが、次の一歩になり、それをくわえていくことで、さらにまた前に踏み出していける。

こうしたおおらかなお母さんに褒められながら育つことが、鈍感力を身につける第一歩である。

さらに成長して社会に出たら、いろいろ失敗したり、ミスを犯して叱られることもある。

そういうとき、くよくよせず、また新しく前に向かってすすんでいく。

このとき大切なことは、失敗したりミスしたことは極力忘れるようにする。

代りに、うまくいって上司から褒められたり、みなから凄いといわれた。そういう良いことをしたときのことを頭に貯え、その時々に思い出すことである。

この、いい意味での楽天主義が自分の心を前向きにし、したたかな鈍感力を培うことになる。

いずれにせよ、今、この未曾有の不景気のときこそ、鈍感力は必要である。まさしく今、したたかな鈍感力なくして生きていくのは難しい。

この、時代がもっとも求めているときに本書を文庫として出せることは有難く、貴重な縁だと思っている。

鈍感力　目次

この作品は二〇〇七年二月、集英社より刊行されました。
初出誌　「ＰＬＡＹＢＯＹ日本版」二〇〇五年七月号〜〇六年十一月号

鈍感力

The Power of Insensitivity

イラスト　唐仁原教久

其の壱　ある才能の喪失

それぞれの世界で、それなりの成功をおさめた人々は、
才能はもちろん、その底に、
必ずいい意味での鈍感力を秘めているものです。
鈍感、それはまさしく本来の才能を大きく育み、
花咲かせる、最大の力です。

一般に、「鈍い」ということは、いけないことのように思われています。

実際、「あの人は鈍いよ」といわれるのと、「あの人は鋭いよ」といわれるのでは、天と地ほどの違いがあり、もし、鈍いといわれた人がきいたら、烈火のごとく怒るでしょう。

同様に、鈍感といわれるのも、あきらかに否定的な意味として、受けとられます。

しかし、鈍いという意味をもう少し広く、身体的な面まで広げて考えると、そのイメージは大分変ってきます。

たとえばいま、外で夕涼みをしていて、露出していた二の腕を蚊に刺されたとします。

このとき、A君は慌てて蚊を叩（たた）き、追っぱらったとしても、そのあと痒（かゆ）くて掻（か）くと、たちまち赤くなって腫（は）れあがり、それでも掻いていると皮膚がただれて湿疹（しっしん）になります。

これに対して、B君は、軽く叩いて蚊を追っぱらったあとは、それ以上、とくに痒くもないらしく、平気な顔をしています。

この場合、あきらかに敏感なのはA君のほうで、鈍感なのはB君のほうです。むろんこれは、蚊に刺された痒みに対してのことですが、B君のほうが肌が強くて、健康なことは誰にもわかります。

一方のA君の肌が敏感すぎて弱くて、傷つき易いことも明瞭です。

要するに、A君の肌は敏感で鋭いをとおりこして過敏ということになります。

こう見てくると、鋭いより鈍いほうが上で、優れていることが自ずとわかってきます。

叱られてもへこたれない

ここで再び、心というか精神的な面における、鈍さというものについて考えてみることにします。

まずここに一人の男性、K君がいたとして、彼はある会社に勤めています。

会社でK君はそんな優秀でもないが、そんな劣ってもいない。いわゆる平均的なサラリーマンですが、あるときうっかりして、仕事上のミスを犯してしまう。

しかも間の悪いことに、たまたま上司の虫の居所が悪く、みなの前でかなり強く叱られます。

まわりにいた仲間は、そのあまりの激しさに驚き、「ちょっと、あの叱りかたは、ひどすぎるんじゃない」と同情し、さらには、「あれでは落ちこんで、明日、仕事を休むのではないか」と心配します。

ところが、そんなみなの心配をよそに、K君は翌朝、いつもの時間に現れて、昨日、叱られたことなどまったく忘れたように、「おはよう」と笑顔で挨拶します。

これを見て、いままで心配していた人たちは思わず、「おはようございます」と返事をしながら、あんなに心配していたのにと、なにやら気が抜けてしまいます。

こうしたK君をどう見るか。

よくいうと、あれだけ怒られたのにほとんど響かず元気なのだから、タフで立派、ということになるでしょう。

しかし同時に、上司に厳しく叱られても響かない、「鈍い奴」ともいえそうです。

いずれにせよ、鋭いというか、敏感でないことだけはたしかです。

これに対して、別のN君は同じように叱られても、K君のように気分の転換がうまくできず、家に帰っても延々と考え、一人で悩み続けます。

それどころか、「俺は駄目だ、どうにもならない奴だ」と自らを責め、「いまさら平気な顔をして会社に行けない」と思い詰め、翌日は休むかもしれません。さらにはそれが尾を引き、一日休んだのが二日になり、三日になり、ずるずる休むうちに、会社を辞めることになりかねません。

この鈍感君と敏感君、二人を比較した場合、圧倒的に強くて、頼り甲斐があるのは鈍感君のほうです。

彼なら、これからなにごとがあっても逞しく生き抜き、将来、会社の幹部にもなれるかもしれません。

しかし敏感君は、このあとも絶えず挫折して、そのうち親しい友達も敬遠して去っていくかもしれません。

ナイーヴであるが故に深く落ち込む

　こうした鈍感力は、なにも会社の上下関係だけに有用なものではありません。一般の仕事上の際き合いにおいてはもちろん、友人関係、さらには男女関係においても重要です。

　以下は、わたしが実際に体験したことですが、いまから四十年以上前、わたしがまだ新人作家のころ、故有馬頼義先生が主宰されていた「石の会」という会に入っていました。

　この会には、三十代から四十代で一応、中央の新人賞は受けていて、直木賞や芥川賞の候補にはなっているが落ちていて、まだ作家として一本立ちしていない。お相撲さんでいうと、幕内の手前くらいのところにいる感じの作家たちが集っていました。

　会には三十名近くいて、常時二十名くらいが毎月一回、有馬邸で、ご夫人手製のお料理をいただきながら酒を飲み、勝手気儘なことを喋ったり、きいて帰るだけの気楽な集りでした。

ここから、のちに直木賞や芥川賞を得て、いわゆる一本立ちした作家は五、六名いますが、それとは別に、わたしが一番才能があると思ったOという男もいました。

彼はその頃から、文芸雑誌に小説を発表していましたが、それを読んだだけですぐ、才能があるのがわかりました。

しかし新人ですから、そうそう原稿の注文があるわけではありません。多くは編集者に、「いいものができたら持ってきてください」といわれて、できたところで持っていく。いわゆる「持ち込み原稿」をするのですが、それが必ずしも掲載されるとはかぎりません。

ほとんどは、「それでは読んでみます」といわれ、そのまま待っていても返事がないので、不安になってこちらから問い合わせると、「まだ、すぐには載せられません」とか、「ここと、ここを直して欲しい」といわれ、ときにはそのまま突っ返されることもあります。この、せっかくの原稿を返されたときはショックが大きく、暗澹たる気持になります。

もちろん、わたしも同じような経験がありますが、そういうとき、「あの編集者は、少しも小説がわかっていない」「俺の才能を見抜けないとは、なんたる奴だ」などと、勝手なことを自分にいいきかせながら、新宿の安バーなどでひたすら酒を飲み続けます。

実際、半月か一カ月か、心血注いで書いた原稿がそのまま返されるのですから、そうでもしなければ口惜しくて、やるせなくていられないのです。

そうして三日三晩くらい、ひたすら飲み続けて、そこから醒めて這い上がると、「よし、また書くぞ」と、新しい意欲が湧いてきます。

ところで、その才能のあった0も、ときに突っ返されることもありました。

そんなとき、彼も「あの小説のわからない編集者め……」などとうそぶきながら、しばらく酒でも飲んでいたら、いずれまた意欲が湧いたと思うのです。

しかし、彼はなまじ才能があり、プライドが高いために傷つくのも深く、容易に立ち上がれないのです。

わたしは、彼と少し際き合っていたので、「どうしてる?」と電話で呼びかけても、「うん……」と元気のない返事をするだけで、さっぱり要領を得ないのです。「そんなの、気にすることないよ」といっても、「ああ……」と力のない言葉が返ってくるだけで、落ち込みの深いのがわかります。

このあたりは、いまも同じだと思いますが、当時の我々程度の無名作家には、編集者のほうから電話がかかってくることはほとんどありません。

それだけに、たまにかかってきたときには、「いままた、新しいのに取りかかっています」とか、「今度のは、かなりいいと思います」と、多少ホラを交えて、元気のいいところを見せたほうがいいのです。

しかし彼はそういうことはいえず、ただ暗い返事だけをくり返したに違いありません。事実、わたしが彼のところに行ってみても、陰々滅々といった感じで髪を掻きむしり、溜息をつくだけで、新しく書いている気配はありません。

そのとき、しみじみ感じたのは、なまじっか才能があり、自尊心の強すぎる奴ほど、手に負えないものはないということです。

そんなわけで、編集者のほうから電話をかけても返事がはかばかしくない。はかばかしくないから編集者も電話をかけにくくなる、という悪循環を重ねるうちに、肝腎の小説も書けなくなる。

こうして、彼は次第に発表するチャンスを失い、数年後には中央の文壇で名前を見ることもなくなり、やがて完全に消えていきました。

鈍感力が才能を伸ばす

それ以来、わたしはときどき、彼のことを思い返しました。

それにしても、あんな才能のあった奴が、どうして消えたのか。

そんなとき、いろいろ考えて最後にたどりつくのは、鈍感力という言葉です。はっきりいって、彼はナイーヴで鋭くて、傷つき易かった。なまじ才能があり、自分でもあると思いこんでいたので、一度、傷つくと容易に立ち直れない。

要するに、「文学的お坊ちゃま」であったのかもしれません。

たしかに彼のような性格の男は、順調にすすみ、周りがちやほやしてくれるときには、すいすいと伸びていくのかもしれません。そしてそのまま、もしかすると大スターになっていたかもしれません。

しかし逆に、一度風向きが変るとたちまち挫折する。そこから、もう一度立ち上がって走り出すにいたるまでの気持の切り替えができず、回復が遅すぎて、結局チャンスを失ってしまう。

ここで改めて思い返すのは、人間が成功するかしないかは、必ずしも才能だけではないということです。いいかえると、才能どおりに成功するわけではない、といってもいいでしょう。

こう書くと、才能より運、不運とか、タイミングなのかと思う人もいるかもしれません。

しかし、文壇のような世界は、あくまで個人の力と才能だけで、運、不運などが通用する世界ではありません。

そういう世界で、改めてなにが必要かということになると、いい意味での鈍さです。

むろん、その前に、それなりの才能が必要ですが、それを大きくして磨いていくのは、したたかで鈍い鈍感力です。

もし、あの頃の彼に鈍感力があったら、どれほど優れた作家になっていたか、しれません。

いや彼だけではありません。その後、一度は登場して消えていった作家のなかにも、したたかさや鈍さに欠けた人もいたはずです。そしてこれは文学の世界だけではなく、芸能界やスポーツの世界で、そしていろいろな会社や企業で働くサラリーマンでも同じです。

それぞれの世界で、それなりの成功をおさめた人々は、才能はもちろん、その底に、必ずいい意味での鈍感力を秘めているものです。

鈍感、それはまさしく才能であり、それを大きくしていく力でもあるのです。

其の弐　叱られ続けた名医

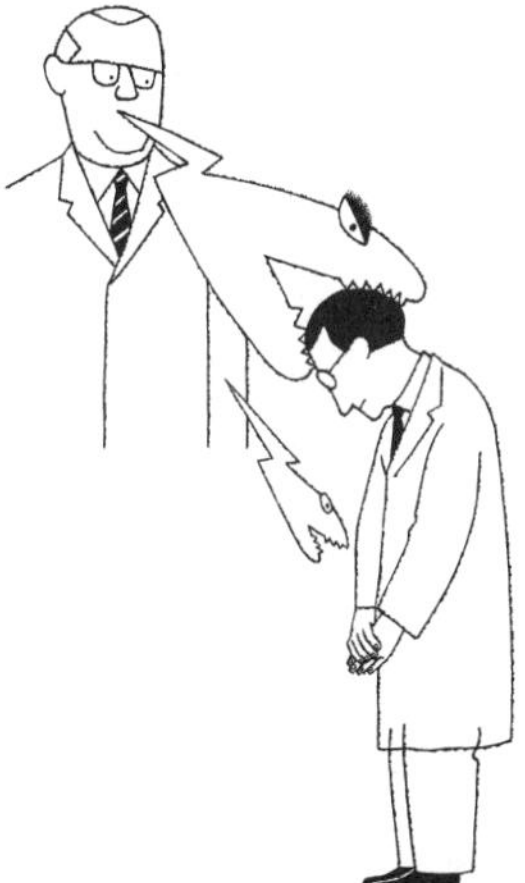

健康であるためにもっとも大切なことは、
いつも全身の血がさらさらと流れることです。
そのためには、あまりくよくよせず、他人に嫌なことをいわれても、
すぐ忘れる。このいい意味での鈍さが、
血の流れをスムーズに保つ要因になるのです。

前章に、叱られてもめげずに、すぐ明るく立ち直るのも才能だ、と記しましたが、本章ではいま一つ、それに近い例を記します。

もっとも今度のケースは、明るく立ち直るというよりも、もともと叱られても、あまり感じない、いい意味での鈍さを秘めた医師の話です。

医師というと、シャープで繊細で、などと考える人がいるかもしれませんが、そんなことはありません。

逆に医師のようにストレスの多い仕事だからこそ、鈍さが必要になるのです。


「ぶつぶつ」に「はいはい」


以前、わたしは札幌の大学病院に整形外科医として、勤めていたことがあります。

医学部を卒て十年少しのあいだですが、そこでいろいろと先輩に叱られ、自分の力のなさに呆れながら、それでも少しずつ医師としての技術を磨いてきました。

当時、わたしの主任教授は新進気鋭の優秀な先生でしたが、ただひとつ欠点というか不満があるとしたら、手術中にいろいろ部下の医局員に小言をいうことです。

といっても悪意があってとか、懲らしめようとしていっているわけではなく、ただ癖のように、ぶつぶつといい続けるのです。

たとえば、「手が遅い」とか、「早く、しっかり持って」とか、「どこを見てるんだ」といった、軽い小言のようなものです。

まあ、落語に出てくる小言幸兵衛みたいなもので、それで手術のリズムをとっているようなところもあるので、気にしなければ、どうということもないのです。

実際、大きな血管が切れたときなどは、小言はぴたっと止むのですから、小言が多いときは、むしろ機嫌がよくて手術が順調にいっているとき、と考えたほうがいいのです。

しかしそうはいっても、いざ自分が小言をいわれる立場になると、それなりに気が滅入り、いささか辟易します。

いずれにせよ、大学病院の医局は卒業年次によって上下関係がはっきりしているうえ、手術場では上司の命令は絶対ですので、注意をされたり叱られるのは日常茶飯のことです。

それは充分、覚悟しているのですが、好きな看護師さんが、機械出しなどで一緒に手術にくわわっているときなど、叱られっぱなしでは、彼女にいいところをなに一つ見せられず、泣きたくなることもあります。

そんなわけで、教授執刀の手術の助手に入れられる度に、明日はどれくらい叱られるのかと、考えてはうんざりしていました。

それでも初めの頃は、わたしはまだ助手の三、四番手で、叱られても当然、とあきらめていましたが、わたしの三期上のS先生が、第一助手という立場のせいもあってか、一番叱られていました。

いろいろな組織でもこういう人はいるかと思うのですが、このS先生は長身で軽い猫背であるうえに、黒い枠の円いトンボのような眼鏡をかけて、なんとなく情けない感じで、いかにも叱られ易そうなタイプでした。上の人から見ると、叱り易いタイプ、といっていいかもしれません。

わたしはこの先生が教授に叱られる度に、なんと可哀相な先生かと、密かに同情していたのですが、あるとき、この先生が教授に叱られる度に独特の返事をすることに気がつきました。

それは、いまでもはっきり覚えているのですが、必ず、「はいはい」「はいはい」と、軽く「はい」を二度くり返すのです。

教授がなにをいっても、この返事は見事に変らないのですが、あるとき、それをきいているうちに、なにか教授の小言が本人にはまったく響いていない、蛙の面に小便、といった感じにきこえてきたのです。

とにかく、どんな小言をいわれても、このS先生は待っていたように「はいはい」と答える。その律義な返事に、教授のほうも安心して、「ぶつぶつ」いっているのではないか。そう思うと、「ぶつぶつ」「はいはい」「ぶつぶつ」「はいはい」という受け答えが、一種のリズムを持って、あのお餅つきと相どりのように、よく合っているのに気がついたのです。

こうなると、叱られかたも一種の芸のようなもので、そのなんとも軽い、

「はいはい」があるおかげで、手術が順調にすすんでいるのだと思えるようになったのです。

手術が一番上手になる

このS先生のように叱られても響かない。それどころか、その場を和らげて、さらにチームワークをよくしていく。これはこれで立派な才能です。

さらに、この先生の素晴らしいところは、手術中、あれだけ叱られたのに、手術が終るとケロリと忘れて気持よさそうに風呂(ふろ)に入っているのです。さらにそのあと医局へ戻るや、みなとビールやお酒を飲みながら、いま終った手術のことや、その他いろいろなことを、仲間と楽しそうに、ときには笑いながら話し合っているのです。

あの少し前、あれだけ叱られたことはどこに置き忘れてきたのか、と呆れるほど、見事に忘れ去っているのです。

この明るいS先生に比べると、少し叱られただけでショックを受ける男もいました。

とくに良家の息子などで甘やかされて育ち、叱られ癖がついていない男は、教授や上の医師に、一、二度叱られただけでたちまち落ち込み、頭を抱えこんで暗い顔をしています。

なかには頭をかきむしり、やるせなくて、ヤケ酒を飲んで外に出て暴れたり、さらには力があり余って、重いバス停の標識を移動してきた、なんて男もいましたが、そんなことをしても、なんの意味もありません。

そういう連中こそ、このS先生の、「はいはい」と軽く答えて、明るく前向きに生きていく逞しさを、身につけるべきです。

それにしても、この先生の素晴らしいところは、単に、叱られても明るく振舞っていただけではありません。

それどころか、いつも「はいはい」と答えながら助手を務めているうちに、教授の手術を身近に見て要点を覚え、のちに医局で一番、手術がうまくなられたのです。

以上のことからもわかるように、男ならみな、このS先生のように鈍く、打たれ強くなって欲しいものです。とくに男の子の場合は、このような逞しさが必要です。

もし、小さな男の子がいたとして、お母さんがヒステリーをおこして、「大介(だいすけ)ちゃん、早く、あれもこれも、きちんとしなきゃ駄目よ、わかったぁ」と叫んでも、子供は動ぜず、「はいはい」と答えるだけ。

そして、「どうせママは、そのうち疲れて黙るだろう」とたかをくくる。それくらい図太くかまえている子に育てたいものです。

いまもお元気で

その後、この先生は札幌郊外のある大きな病院の院長になられ、現在は名誉理事長をされています。

実は数年前、同門会があり、わたしも久しぶりにS先生に会いました。

咄嗟(とっさ)に、かつて教授によく叱られていて、その都度、「はいはい」と答えていたことを思い出したのですが、先生は年齢(とし)こそとられていましたが、外見も話し方も当時と同じでした。

互いに懐かしく、少し話し合ったのですが、わたしがなにか話すと、いまも変らず、「はいはい」とうなずかれるのです。

その軽さも、あまり響いていない様子も同じ。

そこで改めて気がついたのですが、S先生はもともと、他人の話はまともにきいていなかったようです。相手のいうことをさほど真剣にきかない。だから教授にあれだけ「ぶつぶつ」いわれてもほとんど響かず、きき流すことができたに違いありません。

おかげで、先生は七十半ばを過ぎたいまも、病気もされずお元気で、飄々(ひょうひょう)とされているのです。

みなさんもお気付きかと思いますが、だいたい、年齢をとっても元気な人は、ほとんど他人の話はききません。

たまにきいても、「はいはい」とき流しているだけで、その分、自己中というか、ナルシスティックです。

悪くいうと、自分勝手、ともいえますが、この、あまり他人のいうことを気にしない、きかないところが、健康の秘訣(ひけつ)でもあるのです。

要するに、あまりくよくよせず、他人に嫌なことをいわれてもすぐ忘れる。

このいい意味での鈍さが、精神の安定と心地よさにつながり、ひいてはそれが血の流れをスムースに保つことにもなるのです。

現在、さまざまな病気の予防や治療のことがしきりにいわれていますが、難しいことを考える必要はありません。それより、健康であるためにもっとも大切なことは、いつも全身の血がさらさらと流れることです。

そのためには全身の血管がいつも開いていることが必要で、この血管をコントロールしているのが自律神経という神経です。

この神経を変に刺戟（しげき）せず、いつもリラックスさせておく。これが全身に血がスムースに流れるためにもっとも重要なことですが、この点については、次章で詳しく記すことにします。

いずれにせよ、S先生はいくら叱られても、素敵に鈍くて、いつも血液がスムースに流れていたに違いありません。

そしてそれが、いまもお元気でいられる源でもあるのです。

其の参　血をさらさらと流すために

われわれの血管は、
自律神経によってコントロールされています。
いい意味での鈍感力をもった人の自律神経は、
異様な刺戟に見舞われることもなく、いつも血管を開いて、
さらさらと全身に血を流すように働いているのです。

前章と前々章にわたって、鈍感力の大切さについて記しましたが、本章ではそれが健康にいかに有益であるか、その点について考えてみることにします。

自律神経とは

人間にかぎらず、この世の生きとし生けるもの、すべてが健康であるために絶対に必要なことは、全身の血がさらさらと流れることです。

すべての血は濁らず、停滞せず、スムースに流れることが、健康であるためにもっとも必要な基本的な条件です。

それでは、どういうときに血の流れは淀(よど)むのでしょうか。そこで問題になってくるのが血管と神経の関係です。

人体のほとんどの血管は、神経によってコントロールされています。

この神経は一般に自律神経といわれていて、そのなかには交感神経系と副交感神経系の二つがあり、この両者は互いに相反するように働きます。

たとえば、交感神経は緊張や苛々、不安などが高じるとともに血管を狭め、血圧を上げます。一方、副交感神経はこれと逆に、血管を広げ、リラックスさせ、血圧を下げるように働きます。

この二つの神経が、常に血管と密着しているために、血管はいつもこの二つの神経の影響を強く受けているのです。

したがって、血管がいつも開いていて血がさらさらと流れるためには、副交感神経が支配している状態におくこと。逆にいうと、交感神経が働かない状態にしておくことが必要です。

それでは、どんな状態が交感神経を緊張させるのか。それは前にも述べたように、精神的な緊張や不安、苛々などとともに、不快感や怒り、憎しみ、さらには寒さなどです。

これと逆に、穏やかでリラックスした状態。たとえば楽しいとき、嬉しいとき、気分が爽やかで笑ったり、さらには周りが温かいときなどに、血管は開きます。

ここまで書けば、血をスムースに流すためにはどうしたらいいか、自ずとわかってくるはずです。

以前、ある高齢者の施設で、お笑い芸人を呼んで健康維持につとめている、という記事がでていました。これはみなで楽しみ、笑うことで血管を広げ、血の流れをスムースにしていろいろな病気を撃退しよう、という目的であることがわかります。

いつも明るく、リラックスしていること。これが血の流れをよくするには最良の方法なのです。

なぜ胃潰瘍になるのか

かつて、胃潰瘍は暴飲暴食、無茶飲みや大食いによって生じる、と思われていました。

しかし、カナダの医学者セリエによって、そんな単純なものでなく、慢性の持続するストレスによって生じることが、わかってきたのです。

実際、セリエはいろいろなモルモットを、寒くて暗いところに閉じこめ、絶えず棒で突っつくなどの不安を与え続けました。

これらは先に述べたように、交感神経が緊張する状態です。

これを続けるうちに、モルモットの消化器官に潰瘍ができてきて、ストレスにもっとも強く抵抗するはずの副腎皮質に出血斑がでて、弱りきっていたのです。

この経緯をもう少し具体的に追うと、絶え間ない不安や苛々を与えられることにより、モルモットの胃の血管が狭まり、血の流れが悪くなり、その先の粘膜部分が爛れ、ついにはそこが崩れて潰瘍となった、というわけです。

要するに、ストレスによって、潰瘍が生じることが実証されたのです。

これが、セリエによるストレス学説で、それ以来、ストレスという言葉が一般化しました。

いいストレスと悪いストレス

いまではストレスという言葉はみな知っていて、日常的にもよくつかわれています。

しかし、その実態と日常生活との関係については、あまり知られていないよ

うです。というより、気がついていないのが実情かもしれません。

そこでこの章では、われわれの日常生活とストレスとの関係について考えてみることにします。

まずストレスとして、多くの人々が真っ先に感じるのは忙しいときです。忙しくてゆっくり休む間もないとき、「最近はストレスが多くて……」ということをよくいいます。

たしかに忙しすぎて神経が緊張しきっているとき、躰はストレスを感じて疲労し、さまざまな症状を表してきます。

たとえば動悸とか目まい、不眠、頭痛などから、下痢、便秘といった消化器の症状まで出てきます。

もちろん、こうした状況を長く続けていると、それぞれの器官に異常がおき、病気にまですすんでしまいます。

このことからも、持続する、あるいは断続するストレスが躰に悪いことは、いうまでもありません。

しかし忙しいだけが、必ずしも悪いストレスとはかぎりません。

たとえば、ある会社の社長やオーナーで、その会社の経営が順調で利益も上がっているようなとき。こういうとき社長はやり甲斐があり、自信ができてますます張り切ります。

したがって、忙しくてもストレスを感じるどころか、かえって元気になり、体調もよくなります。

要するに、ストレスのなかにも、いいストレスと悪いストレスとがあるのです。

たとえば、しかるべき地位にいた人が突然左遷されたり、定年になって退職したような場合、それによって生じた暇を楽しく利用できればいいのですが、人によってはその暇な状態が、かえってストレスになることもあります。また、いわゆる窓ぎわ族になって実際は暇なのに、無理して周りの人々に忙しそうに見せようと気をつかい、それがさらなるストレスを生みだすことになりかねません。

さらに定年になり、もう自分は社会から見捨てられ、不要な人間になったという喪失感。そして昔の同僚や部下などから離れた孤独感などで精神的に落ちこむ。これも大きなストレスとなって、その人を苛み、弱らせます。

定年後、それなりに地位のあった人のほうが急速に弱るのは、こうしたマイナス・ストレスに見舞われるからです。

このように、同じストレスにも、心地いいストレスと重く負担になるストレスと、二つあることを忘れないようにしたいものです。

風呂で一杯

実際には、あまり気がつきませんが、ストレスはわれわれの現実の生活の、いろいろな面に入りこんでいます。

たとえば同じお酒を飲んでも、嫌いな上司と一緒のときや、いろいろ文句をいわれながら飲むようなときは、なかなか酔いません。

これは緊張や嫌悪感がストレスとなって血管を狭め、胃や腸でのアルコールの吸収を弱めるからです。

逆に気の合った楽しい仲間や、自分が一番偉くて、勝手気儘なことをいいながら飲めるようなときには酔いが早く、気持よく酔うことができます。

さらに温かいところや、安全なところでは、リラックスしている分だけ早く酔いますし、逆に寒いところや不安な状態では、なかなか酔えません。

実際、家庭で飲むときは心地よく酔い、さらにお風呂上がりなどは血管が開いているので酔いが早まります。

もっとも最近は、家庭が一番緊張して楽しく飲めない、などという夫たちもいますから、すべてが同じというわけにはいきませんが。

いずれにせよ、リラックスして血管が開いているときに、もっとも酔うことは間違いありません。

そういえば昔、お金がなくて少量のアルコールで酔いたいとき、グラスに一杯焼酎を飲んで一気に百メートルをダッシュしたことがあります。こうすると激しい運動で血管が開くため、たちまちすべてのアルコールを吸収して、一気に酔ってしまいます。

これと同じ理屈で、露天風呂や内風呂などで、お盆を浮かし、その上にお銚子と盃をおき、ゆっくりと飲むと簡単に酔ってしまいます。

あまり飲みすぎると倒れてしまいますから、注意しなければいけませんが、興味があったら一度、試してみてください。

もちろん薬なども、こういうときに服(の)むと吸収が早く、よく効くはずです。

躰のバランスを保つ

ほかにも、われわれの躰がまさしく自律神経によってコントロールされている、と感じる瞬間がいくつかあります。

たとえば、不意の訃報(ふほう)や悲しいできごとを知らされて顔が真蒼(まつさお)になるときがあります。これはきいた瞬間の驚きや悲しみで直ちに自律神経が緊張し、血管が痙攣(けいれん)して、血の流れが止まるからです。

同様に、不安や驚きで胸が高鳴り、心臓がドキドキ音を打っているように感じるときがありますが、これも自律神経の緊張が心臓に伝わって生じたものです。また入学試験の直前など、トイレに行く人が増えますが、これも同様に神経が緊張して膀胱(ぼうこう)を刺戟(しげき)するからです。

もちろん、暢(の)んびりとリラックスしているときに、こういう症状はおきません。

まわりの温度によって血管が開いたり、閉じたりすることは先にも触れましたが、これの一番わかり易いのが、暑いときにかく汗です。

当然のことながら、このときは血管が思いきり開いて体内の熱を発散し、逆に寒いときには血管が狭まって、熱を放散しないように働いているのです。

こう見てくると、自律神経がそのときどきの状態に応じて巧みに働き、躰を平常に保つよう、努めていることがよくわかります。

それだけに、自律神経にあまり負担をかけないよう、日頃から気をつけることが大切です。

そして、ここで重要な意味をもってくるのが鈍感力です。いい意味での鈍感力が、自律神経に必要以上の負担を強いず、躰を健康に保つ原動力になっているのです。

鈍感な神経をもった人の自律神経は、異様な刺戟に見舞われることもなく、いつも血管を開いて、さらさらと全身に血を流すように働いているのです。

其の四　五感の鈍さ

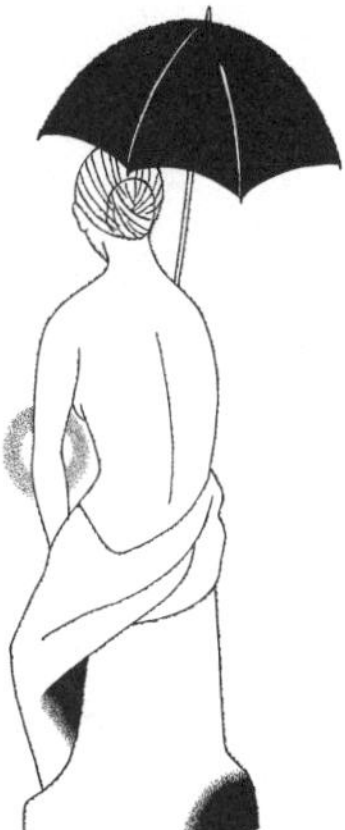

人間の五感など、様々な感覚器官において、
鋭すぎることはマイナスです。
鋭い人より鈍い人のほうが、
器官を消耗することもなく、
より暢んびりとおおらかに、長生きできるのです。

これまで、鈍さの素晴らしさについて記してきましたが、躰でも鋭敏すぎるのは問題です。

とくに人間が生きていくうえでもっとも大切な五感、眼（視覚）、耳（聴覚）、鼻（嗅覚）、舌（味覚）、皮膚（触覚）も、鋭すぎるのはマイナスです。

以下、その理由について説明します。

視覚

まず眼、とくに視力。これがよすぎては、さまざまな問題がおきてきます。

たとえば、視力は一・〇から一・二くらいまでが正常といわれていますが、これが見えすぎて、一・五から二・〇近くもあると、逆にものが見えすぎる弊害がおきてきます。

一般に人類社会では、一・〇から一・二くらいの視力で間に合うように、すべてのシステムが設計され、確立されています。

ここに一・五の視力があったからといって、望遠鏡のない時代ならともかく、いまではとくべつ有利になることはほとんどありません。それどころか、見えすぎて困ることがおきてきます。

実際、わたしの友人で、視力が一・五以上ある人がいましたが、「見えすぎて、疲れる」と嘆いていました。

なにごとも、「過ぎたるは及ばざるが如し」で、見えすぎるのは精神の衛生面でもマイナスです。

とくに、こういう人々にとって可哀相なのは、現状では、ものの見えすぎる人に適切な対応策ができていないことです。

たとえば、視力の弱い人には、眼鏡やコンタクトレンズなどが考えられていますが、視力のよすぎる人には、これといった眼鏡はありません。

「僕は眼がよすぎるから疲れます」といっても、矯正する方法がないのです。

なにごともほどほどが肝腎、というより、視力は少し弱めのほうが疲れないことはたしかです。

聴覚

同様に聴力、これもよすぎては問題です。

たとえば、ものが聴こえすぎる人は、普通では聴こえないはずの音が聴こえてきて頭をかき乱され、苛々（いらいら）して仕事もできません。

ここでも、一般の人々が聴こえる程度に聴こえればいいので、それ以上聴こえすぎては、精神的にも異常な状態に追いこまれます。

これが高じたのが幻聴です。本来は聴こえないはずの音が聴こえて、さまざまな異常な発言や行動をおこすようになり、精神面での治療が必要になってきます。

たとえそこまでいかなくても、音に敏感すぎることは疲れを増す原因になります。

もっとも音楽家のように、いわゆる音に敏感なのは別で、この場合は、さまざまな音を聴き分ける能力に秀でているということで、聴こえない音が聴こえるのとは違います。

そしてここでも、音に鈍すぎる、難聴の人には補聴器などが考えられていますが、聴こえすぎる人に対して、聴こえなくなる器具は耳栓くらいで、それ以上のものはまだ考えられていないのです。

嗅覚

次に嗅覚。これもほどほどにわかれば充分で、鋭すぎてはかえって大変です。

やはりわたしの知人の女性ですが、嗅覚が鋭くて、ある人が近づいてきただけで、すぐ、その人固有の匂いを嗅ぎ分けることができるというのです。

そんなわけで、誰かがうしろから近づいただけで、「誰々さんでしょう」と当てられるのです。

もちろん香水の香りなどにも敏感で、少し違っただけでもすぐわかります。おかげで、ご主人の浮気も即座に察知して、大騒ぎになったことがあるようですが、これも喜んでいいのか悪いのか。もし鈍ければ無事平穏でいられたのに、なまじ鼻が鋭いが故に、やらなくてもいい喧嘩をする破目になるようです。

この女性は、もちろん食物に対する嗅覚も敏感で、食べもの屋さんが並ぶ道を歩いていると、「あっ、この先に韓国料理の店があります」とか、「裏に中国料理屋さんがあるわ」などと、看板も見ずにいいだすのです。

　こちらはよくわからず、半信半疑で従いていくと、彼女の予言どおり、それぞれの店が現れてきて驚くのです。

　この嗅覚の鋭さは、まさに警察犬を連れて歩いているのと変りありません。

でも、犬ではないのですから、そこまで敏感である必要はありません。

実際、この女性は鼻が鋭すぎて、少し臭いとか、自分の好みに合わない匂いのものがあると、絶対、口にしません。

おかげでかなりの偏食で、いつも痩せていて体力もなさそうです。

　これに比べると、嗅覚の鈍い人は気楽です。これもわたしの友人の男性ですが、O君は嗅覚がほとんど働かない、鼻は空気を吸うためだけにあるような男です。

　でも、この鈍さのおかげで、韓国料理であろうがヴェトナム料理であろうが、なんでも好きでよく食べます。それどころか、多少、変な匂いがしても平気で食べて、「うまいうまい」といっています。

まさに鼻が鈍いおかげで、なんでも食べられて、美味(おい)しく感じられて、下痢もしないのですから、一石三鳥です。

味覚

次は舌の味覚です。これの鋭い人は料理人として向いているし、優れた料理人はそれなりに味覚が発達しています。

その点で味覚が鋭いことはいいことですが、やはりあまり鋭すぎては問題です。

たとえば辛味とか塩味とかに敏感すぎては、一般的に美味しいといわれているものに舌が合わず、素直に食べられません。

しかし味覚に関しては、その人が子供のときから食べてきた食味に左右されることが多く、ある味についてのみ異様に鋭い場合は味覚異常で、むしろ病的なものと考えられます。

むろん味に鈍い人もいますが、こちらはそれなりに美味しいものを食べていれば、自然によくなってくるものです。

いずれにせよ、味覚異常は現実には少なく、他の感覚と比べて、それ自体、あまり問題になることはありません。

触覚

最後に触覚、これの異常はかなり大きな問題です。

ただここで初めに除外しておかなければならないのは、神経の異常による触覚の異常です。

たとえば、脊髄（せきずい）の中枢神経、またそこから出てくる末梢（まっしょう）神経などに異常がある場合は、指や筆で触れられても、まったく感じないことがあるし、かなり熱いお湯に触れても熱さを感じない人もいます。

逆に、少し触れただけでぴりぴり灼（や）けるように感じて、じっとしていられない人もいます。

これらは、いずれも神経の異常で、病気ですから、ここでは外すことにします。

これとは別に、神経自体は正常なのに、皮膚だけが異様に反応することがあります。

たとえば夏など、強い陽射しを受けただけで、たちまち灼けて火ぶくれになったり、皮膚がむけてしまう人もいます。

また、軽く虫に刺されただけで異常に痒くて、掻いているうちにその部分がもり上がって腫れてきますが、これは明らかに過敏症です。

さらに問題なのは、ある特定の刺戟で、皮膚の一部がアレルギー反応をおこし、腫れたり爛れて、痒みとともに変色してしまうケースです。

アトピー性皮膚炎などはその典型で、皮膚が敏感すぎるためにおこるのですが、ここまで激しく反応するようでは、あきらかに病気で、治療が必要になります。

これほどでなくても、いわゆる「敏感肌」というのがあります。これは外的刺戟に弱く、傷み易い肌質で、常に乾燥しがちで、気候にも左右され、ふきでものがでるなど、肌のトラブルにみまわれることが多いのです。

これもやはりわたしの知人ですが、彼の皮膚は浅黒くて、いかにも鈍そうでした。その彼と、夏に夕涼みがてら話しているとき、彼の二の腕に蚊がとまっ

たのです。

皮膚の弱いわたしは気になって、いつ手で追い払うのかと見ていたのですが、一向に気にする気配がないので、「そこに蚊がとまっているよ」と教えてあげました。

すると彼は、初めて気がついたように、手で払い、蚊は逃げたのですが、そのあと掻こうとしないのです。

あれほど長くとまっていて刺されたろうに、平然としているので、「痒くないの？」ときくと、「えっ？」というだけで、やはり掻きません。

なんという鈍い肌なのか。わたしは呆れて、「ちょっと肌に触らせて」といって触ってみたのですが、浅黒くてゴムマリのように弾む感じの肌でした。

ああいう肌の人は生まれつきなのか。とにかく彼ならジャングルのなかを歩いて、ヒルやダニに吸いつかれても、結構、平気でいられるのかもしれません。

もちろん、アトピーなどにかかることもなく、いつも赤銅色の肌で、風邪をひくこともなさそうです。

予報する躰

以上さまざまな五感の感覚にくわえて、いま一つ問題なのは関節や筋肉の反応です。

これもわたしの知人のKという女性ですが、彼女は天気の移り変りを、事前に察知することができるのです。

たとえば空が晴れているとき、「今日は天気がいいね」というと、「いいえ、これから曇ってきて、雨になります」と、気象庁の予報官のようなことをいうのです。

こんなに晴れているのに、とわたしが呆れていると、彼女は「間違いありません」と断定するのです。

もともと彼女は膠原病（こうげんびょう）で、以前からあちこちの関節痛に悩まされてきました。

おかげで、といっては可哀相ですが、低気圧が近づくと、それらの関節が疼（うず）きだし、さらに髪の毛もしっとりと重くなるというのです。

要するに、病んで敏感になった関節が、いち早く気圧の変化を察知して痛みだし、それで天気が下り坂になるのがわかるというわけです。

「すごい鋭さ」と、初めてきいたときは感心しましたが、彼女は、「そんな感じすぎる関節や躰がいやなのです」といい、「なにもわからなければ、もっと楽で躰も安まるのに」と嘆いていました。

たしかに、かつて気象予報がなかった時代ならともかく、いまのように人工衛星までつかって、予報が発達した時代では、関節の痛みで天気の移り変りがわかったところで、辛いだけです。

同様に、筋肉の強張りや痛みで天気の変化を感じる人もいるようですが、これも病気によって躰が敏感になりすぎた例の一つです。

鈍感君へ乾盃

以上、五感など、さまざまな感覚器官における、鋭すぎることのマイナス面を記してきましたが、ここまで読めば、敏感であることが必ずしも優れているとはいえないことがわかったと思います。

鋭いよりは鈍いほうがいい。鋭い人より鈍い人のほうが、より暢んびりとおおらかに健康で、長生きできることは間違いありません。

ここまで読んで、「俺は鈍い」とわかった人はまさにエリート。その鈍感さに乾盃です。

其の五　眠れる大人

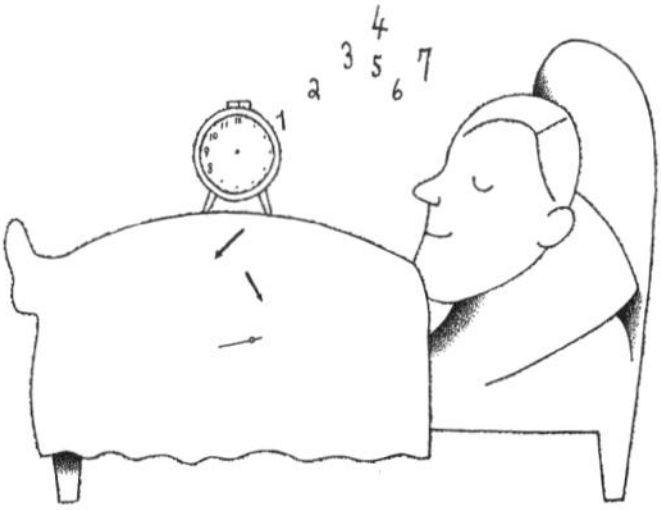

よく眠り、すっきりと起きられる。
この睡眠力こそ、人間の基本的な能力そのものです。
睡眠力なくして、人間が健康であり、
人を愛し、仕事に専念することはできません。
よく眠れること、これもまた、まぎれもなく才能なのです。

数ある鈍感力のなかでも、その中心となるのが、よく眠れることです。これを「睡眠力」と名づけましょう。睡眠力はすべての健康と活動の源です。睡眠力なくして、人間が健康であり、人を愛し、仕事に専念することはできません。

よく眠れること、これもまた、まぎれもなく才能なのです。

六万時間の損

初めに睡眠力といいましたが、これは単に、よく眠ることだけではありません。それと同時に、すっきりと起きられる、覚醒力（かくせいりょく）も必要です。よく眠り、いつでもすぐ起きられる。このためには、まずしっかり眠ることが大切で、ここではこの両方を含めて、「睡眠力」と呼ぶことにします。

寝つきが良くて寝起きがいい、この睡眠力をもっている人に対して、寝つきが悪くて寝起きが悪い、睡眠力の劣っている人は、人生においてどれほど損というか、マイナスをこうむることか。その大きさは容易に計算することができません。

しかしいま、一般の人が一日七時間眠るとして計算すると、床についてすぐ眠れる人と、二時間ぐらい悶々として眠れず、目覚めたときにまた二時間ぐらい呆っとして仕事ができない人とでは、一日に四時間の差が生じます。

これを、一カ月を三〇日として計算すると一二〇時間、一年にすると一四四〇時間、一生でみると、人がもっとも活動する二十歳から六十歳の四十年間だけをみても、五万七六〇〇時間のロス、ということになります。

この六万近い時間を有効に過ごすか否かは、その人の一生に大きな影響を与えることは、いうまでもありません。

もし、精神的にも肉体的にも同じ能力を秘めていたとして、一生のあいだに六万時間の差があっては、睡眠力の弱い人は強い人に、到底、勝ち目がありません。

実際、それぞれの世界で、それなりの仕事をしている人のほとんどは、睡眠力をもっている人です。

わたしも、そういう人たちに何人もお会いしてきましたが、みな「すぐ眠れて、すぐ起きられる」と簡単にいわれます。

睡眠力がすぐれている人は、このように人生において大きなプラスを与えられているわけで、ここではこういう人たちを、「眠れる大人」と呼びたいと思います。

もっとも、これだけ時間の余裕をもっても、その間、ただ呆んやり過ごしているのではあまり得にはなりません。しかしそれでも、睡眠力の弱い人よりはさまざまな面で得することは、いうまでもありません。

寝て起きる訓練

よく眠ることは素晴らしい、といわれますが、その最大の理由は、眠ることがすべての体力の基礎だからです。

人間にかぎらずすべての動物は、眠ることによって体力を強め、活動する力を獲得します。人間もライオンも犬も猫も、眠ることによって力をつけ、躰も頭も活発に働くようになるのです。

赤ちゃんに対して、「寝る子は育つ」というのは、そのとおり。まさしく、眠りは成長の原点です。

さらに眠りの素晴らしいところは、それによって体力を回復できることです。どんなに疲れて、身も心も消耗しきっていても、八時間ないし十時間、昏々と眠り続けたら、それ以前と同様の体力を回復することができます。眠ることは単に眠っているだけではなく、その間に失われた体力を回復しているのです。

人間が夜、眠るのは、一日の疲れを癒すためです。そして一晩ぐっすり眠ったら、翌日また、爽やかな気分で仕事や家事に立ち向かうことができます。

かつて、というより、いまもあると思いますが、「眠らせない拷問」というのがありました。

小さな部屋に人間を閉じ込め、絶えず光や甲高い音を浴びせて、眠らせないのです。

これをくり返されると、いかに強靭な人も睡眠をとることができず、精神がズタズタに切り裂かれ、ついには発狂します。

このことからもわかるとおり、睡眠は躰を休めるだけでなく、頭の、精神の休養にもなるのです。

眠らなければ人は頭が働かず、ついには精神に異常をきたします。

幸い、わたしはよく眠れます。

床について、二、三十分はおろか、十分くらいで眠ってしまいます。むろん疲れたときは、いわゆるバタン・キューといった状態です。

これは若いときからそうで、いまも同じです。

これには、特別の仕掛けはいりません。床に横になっても、椅子に腰掛けていても、楽な姿勢で目さえ閉じていれば眠れます。もちろん、疲れていれば、という状態の下でですが。

したがって、遠くの講演に行くときなど、前夜、飲みすぎたり、遅くまで仕事をして、あまり眠っていないときほどよく眠れます。

それもまず、空港まで車で行くあいだ中眠り、着いて飛行機に乗るとまた眠り、そこから会場までの車のなかでまた寝て、会場に着いたころようやくすっきりして、予定どおり講演を終えることも少なくありません。

こういうわたしを見て、秘書のM君は呆れていますが、わたしは、これを睡眠力という才能だと思っています。実際、この才能があるから、ここまでもってきたともいえます。

もちろん、寝起きもよく、目が覚めて、一度、顔でもこすれば、たちまちすっきりします。実際、そうでなければ、起きてすぐ講演などできません。

わたしが、こういう睡眠力をつけた原点は、かつて医師だった頃の訓練のおかげ、といってもいいかもしれません。

大学病院にいた頃、わたしは外来や入院患者を診ながら、夜はさまざまな動物実験をしていました。

そのなかに、犬に二時間おきに注射をするという仕事がありました。昼はもちろん、夜中もですが、この、夜の注射はこたえました。正確に二時間毎にするためには、ほとんど徹夜で起きていなければなりませんが、それでは疲れて昼の仕事ができません。といって寝てしまうと寝過ごすかもしれない。

こういうとき、多くの仲間は麻雀をしたり、囲碁や将棋などしていましたが、これでは夜通し起きているのだから疲れます。そこでわたしは、二時間毎に起きる練習をしたのです。まずその時間に起きるためにビールを飲んで小便をせず、尿意を覚えて起きるようにしたのです。それでも初めの頃は寝過ごしたり、トイレが空いてない夢を見て慌てるなど、いろいろありましたが、最後に考えついたのが、「二時間後に起きるんだぞ」と、自分に何度もいいきかすことです。結果として、これが一番有効で、次第に守れるようになりました。

おかげで、わたしはいまでも、大体、決めた時間に起きることができます。

むろん、医局にはきちんと起きられない仲間もいました。

しかし、寝つきがよくて寝起きがいいのは、外科医の鉄則です。なぜなら、当直の夜、いつ、いかなるときに急患が運ばれてきたり、入院患者の容態が急変するかしれません。

そんなとき、看護師さんに、「先生、起きてください」と何度もいわれてようやく起きても、半分眠っていては、その間に患者さんは命を落とすことになりかねません。人の命をあずかっていて、「眠い」などというのは、甘え以外のなにものでもありません。

美しく長生き

眠れない人も、別に、眠りたくなくて眠らないわけではないでしょう。いや、むしろ誰よりも、眠りたいのに眠れないのだ、と思います。

この原因として、いろいろなことが考えられます。まず、くよくよタイプや、疲れすぎている場合、また睡眠薬に頼りすぎ、それに甘えて習慣性になっている人。さらには神経質すぎる人から鬱症状の人まで、さまざまのケースがあるでしょう。

なかには、不眠を訴えるほうがナイーヴでお洒落、と思い込んでいる人もいるようです。かつての青白きインテリのイメージですが、いまどき、そんなものは流行りませんし、そういう人が大きな仕事をすることは、ほとんどありません。

やはり、きちんと眠るにこしたことはありませんが、睡眠力が弱い人に共通しているのは、いろいろと考えすぎる性格です。こういう人が薬に頼ると面倒なことになります。

もちろん、初めの数日はいいのですが、そのうちそれが癖になり、それに甘えて、薬がなければ眠れなくなります。こうなると、薬で自分の躰をいじめ、それで眠り、また薬がないと眠れない、という悪循環におちいり、すべての面でひ弱で、甘えた体質になってしまいます。

では、こうした不眠をどうして治すのか。ここで思い出されるのは、戦争中、連日、激しい訓練と労働を強いられた兵隊たちは、みな寸暇を惜しんで、道端でも草原の上でも眠った、という事実です。これからもわかるように、すべて体力を極限まで使いきったら眠れるのです。

しかしいま、このような平和な時代に、不眠だからといって、そんな状態におくわけにはいきません。

ならばどうするか。その一つは、つまらぬことは考えないことです。「下手の考え、休むに似たり」で、くよくよ考えてもどうなるわけでもない、そう割りきって目を閉じる。

そしていま一つ、眠れないからといって焦らぬこと。不眠の人の多くは、「眠れないけど、早く眠らなければ」という強迫観念に悩まされています。それを断ち切るには「眠るのはやめよう」と、逆の発想をすることです。もちろん、これでますます眠れなくなるかもしれませんが、それをくりかえしているうちに、いずれ眠れるようになるはずです。

なぜなら、眠りは人間に備わった、自然の本能なのですから。

それにしても、世の中には、不眠のかけらもなく、よく眠る人がいます。

わたしの知っているおばさまも、よく眠る人で、車に乗って話していて「おや、返事がないな」と思って横を見ると、もうすやすやと眠っているのです。

なんと素晴らしいことかと、呆れて感心しているのですが、この方は電車やバスに乗っても、すぐ眠れるとのこと。

先日、仲間との某温泉への一泊旅行では、バスが発車した途端に眠って、温泉に着いたら、パッチリ目が覚めた、とか。

彼女のことですから、宴会のときは、「さあ、食べましょう」と真っ先に箸をつけ、会費の倍くらいお酒も飲んで、ぐっすり眠ったに違いありません。

むろん、よく眠るのでいつもお元気で肌艶もよく、年齢よりははるかに若く見えます。

これに比べて、「わたしは車では眠ったことがないし、布団や枕が替ると、よく眠れなくて困るわ」と、眉をひそめているおばさまもいるようですが、おおむね、そういう人から病気になり、早く亡くなるようです。

こうみてくると、まさに睡眠力こそ人間の基本的な能力そのものです。

読者のみなさんも、ぜひ睡眠力をつけて、「眠れる大人」になってください。

其の六　図にのる才能

才能のある人のまわりには、必ず褒める人がいて、
次にその本人が、その褒め言葉に簡単にのる、
この「図にのる、調子のよさ」は、
いわゆる、はしたないことではなく、その人を大きく、
未来に向かって羽ばたかせる原動力となるのです。

鈍感力を養うには、「図にのる」ということも必要です。別の言葉でいうと、「いい気になる」ということです。

一般に、これらははしたない、恥ずかしいことと思われていますが、一人の人間のなかでは、これが大きな効果を表すことも少なくありません。

そしてこの裏には、まずその人を図にのせて褒める人が必要です。

バーのママの一言

わたしが新人の作家であった頃。さらに一段上の直木賞や芥川賞を狙って頑張っていた頃のことですが、よく西新宿のバーに通っていました。

もっとも当時の西新宿はさまざまな雑居ビルが建ち並んでいて、そのバーはそうしたビルの一階にある、五、六坪の半円形のカウンターだけの店でした。

ほとんどママ一人でやっていましたが、このママが色白の大柄な人で、笑うとソプラノのような明るい声が店中に響くのです。

わたしはこの店に、なんとなく自信のないときや不安なときに、ぶらりと一人で行くのが常でした。

たとえば、新しく書いた原稿を編集者に渡したけど、そのまま掲載されるか、それとも突き返されるか不安なとき。またこれから作家としてやっていけるか、自信が揺らぎかけたとき。わたしはその店に行ってママにつぶやくのです。

「どうも、自信がないんだけど」

すると、ママは必ず大きな声でいってくれるのです。

「大丈夫よ、あなたは才能があるわよ」

それと同時に、わたしの肩を大きな手でずどんと叩いてくれるのです。

途端に、肩が痺れるような気がするのですが、それと同時に、「ママが、これだけ大きな声でいってくれるのだから、大丈夫だ」と自分で自分にいいきかすのです。

人間って、きっぱりと何度もいわれると、次第にそんな気になってきます。

明らかに怪しいと思われる新興宗教などに入りこむのも、こうした声の大きさで引かれていくのかもしれません。

これは問題ですが、前向きに励ましてくれる言葉を素直に受け入れ、そのなかに溶け込んでいくことは、決して悪いことではありません。

実際、わたしはこのママの言葉をきく度に、勇気と自信をもつことができました。

ママがあれだけはっきりと、「あなたは才能があるわよ」といってくれるのだから、俺は間違いなく才能があるんだ、と思い込めるようになりました。

もっとも、そうはいってもママはわたしの小説を一度も読んだことがないのですから、なんの保証にもなりません。

それでも、大丈夫だと思い込む。単純に図にのって、いい気になる。この調子のよさこそ、まさに才能でもあるのです。

自信がないときや迷ったときに、あれこれ、じくじく考えてみたところで、どうにもなりません。こういうときはつまらぬことは考えず、もっと大胆に、自信をもって前にすすむべきです。

とにかく、迷っているだけでは一歩もすすみません。それどころか、むしろずるずると退がることになりかねません。

もちろん、迷っているあなたに、いろいろなことをいう人もいるでしょう。そのなかから自分に一番聞こえがいい、自分をもっとも楽しくやる気にさせてくれる言葉を信じて、一歩、前に踏み出すことです。

あの頃、ともすれば自信を失い、立ち止まりそうになったわたしを励まし、支えてくれたのは、まさしくあの明るく確信に満ちた、そしてなんの裏付けもないママの一言でした。

でも、裏付けなどはどうでもいいのです。

それより、ママの聞こえのいい言葉にのって調子にのる。この図にのる調子のよさが大切なのです。

そしてこれこそ、いい意味での、鈍感力そのものでもあるのです。

褒められるから頑張る

この、「図にのっていい気になる」ことの大切さを示す、もう一つの例を記します。

いま仮にAさんと呼ぶことにしますが、彼はいま画壇で知らない人がいない

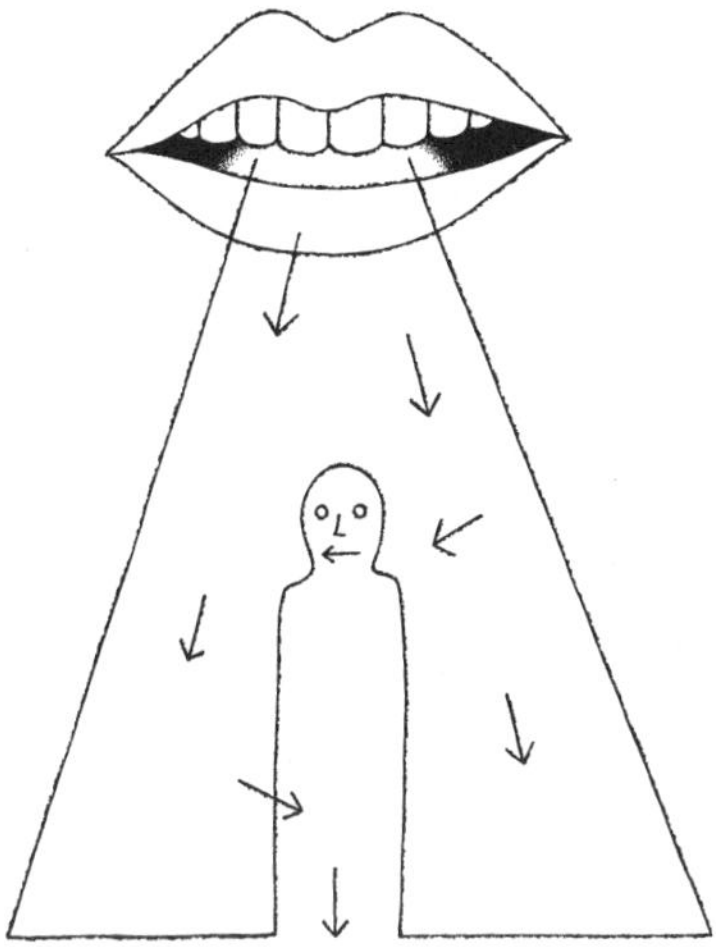

ほどの、かなり高名な画家です。

このAさんに、わたしはあるとき、「どうして画家になられたんですか」と、きいたことがあるのですが、その問いにAさんは、次のように答えてくれました。

かつてAさんが小学校の低学年の頃、家で一生懸命、絵を描いていたら、隣のおばさんが遊びに来て、帰りがてら、偶然、Aさんの絵を見ていったそうです。

「へぇ……Aちゃん、絵が上手なんだね。おばさんびっくりしちゃった」

その褒められた一言が嬉しくて、また一生懸命描いていると、再びおばさんがきて、Aさんの絵を褒めてくれた。

「すごぉい、前より、また巧くなったね」

それが嬉しくて、また頑張って描くと、また褒められた。

このように、褒められたのが嬉しくて懸命に描くと、また褒められて、それがバネになって、また一生懸命描く。

褒められると頑張る、という、この二つが歯車のようにいいほうに回転して、気がつくと画家になっていた、というのです。

「それだけです」と、少し申し訳なさそうにいわれましたが、これなぞまさに単純に図にのり、調子にのったいい例です。

隣のおばさんがなに気なく褒めてくれた。その一言がきっかけで、どんどん図にのって、気がついたら素晴らしい画家になっていたのですから。

Aさんが素晴らしい画家になれた、そのきっかけをつくってくれたのは、確かに隣のおばさんです。

そして、その一言で調子よく図にのったAさんは、まさしく、単純に図にのる才能をもっていた画家、といってもいいでしょう。

短歌を褒められる

これと似た体験は、わたしももっています。

わたしが中学一年生のときの担任だった、中山周三（なかやましゅうぞう）先生は、素晴らしい国語の先生でした。

漢字を覚えさせるため、漢字の書き取りを相撲（すもう）の取組のように仲間同士でやらせ、その都度、番付をつくってくれるのです。おかげで、生徒たちは楽しみながら、漢字を覚えることができました。

詩や短歌なども、細かな語句の解釈なぞにとらわれず、ひたすら朗々と読み上げ、「いいだろう」「どう思う?」「どう感じた?」と、感性を養うことを大切にした教育でした。

この先生は、『原始林』という短歌雑誌を主宰されていたので、わたしたちもときどき短歌をつくらされました。

そのとき、たまたまわたしのつくった短歌をみられて、「お前のは、正直に、思うとおり詠んでいるところがよろしい」と、とても褒めてくれました。

これが凄く嬉しくて国語が好きになり、いろいろなものを読み、それを褒められてまた好きになる、という、いわゆる歯車がいいほうに回転したのです。

いまもはっきりいえることは、中山先生に教わったおかげで国語が好きになり、それが小説を書くきっかけになった、ということです。

あのとき、中山先生にお会いしていなければ、まったく別の仕事をしていたかもしれません。

いずれにせよ、中学一年生のとき中山先生に褒められて嬉しくなり、図にのってものを書く仕事に熱中するようになったことは間違いありません。

甘やかさずに褒める

ここで話は少し変りますが、幼い子供、といっても、小学生や中学生ですが、こういう子供にはどこかいいところを見付けて、必ず褒めてやるべきです。

子供は、甘やかしてはいけないが、いいところがあったら、すぐ褒めてやるべきです。

「○○ちゃん、これはうまくできたねぇ。とても素晴らしいよ」とか、「ここはいい、凄いから頑張るんだぞ」と、一つでもいいところを見付けて褒めてやる。

ご存知のように、子供は単純で調子がよくて、図にのる生きものです。

この習性を利用しない手はありません。

なにか、いいところがあったらすぐその場で褒めてやる。すると子供は嬉しくて、ますます頑張るようになります。

そして、頑張るから上手くなる。上手いから褒められて、また頑張ると、歯車がいいほうへと廻りはじめるのです。

どんなに優秀で才能ある子供でも、また大人でも、「お前は駄目だ」「お前は馬鹿だ」と、毎日いわれていたら、本当に駄目で、馬鹿な人間になってしまいます。

女の子も、「○○ちゃんはきれい」「すごく可愛い」と絶えずいわれていたら、本当にきれいで可愛くなってきます。

これとは逆に毎日、「お前はブスだ」「可愛くない」といわれていたら、本当に可哀相な女になってしまいます。

言葉は大切です。一つの言葉が人間を生かしもし、殺しもするのです。

そして才能も同様です。

よく、「誰それには才能があって、誰々には才能がない」などといいますが、それは見かけだけからいっていることで、間違いです。

才能はあるなし、ではなく、いかに引き出されたか否か、の違いです。

世間でいっている、才能がある人とは、しかるべきときに、しかるべき方法で、才能を引き出された人のことです。

そして才能がない人とは、しかるべきときに、潜んでいた才能を引き出してもらえなかった人のことです。

いわゆる才能がある人のまわりには、必ず褒めた人がいて、次にその本人が、その褒め言葉に簡単にのる、調子のよさをもっています。

こうみてくると、「図にのる、調子のよさ」が、はしたないことではなく、その人を大きく未来に向かって羽搏(はばた)かせるための、立派な鈍感力であることが、わかってくると思います。

其の七　鈍い腸をもった男

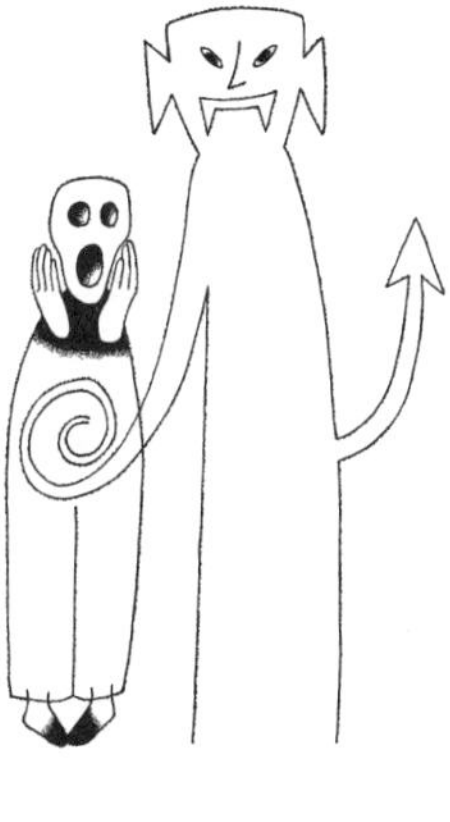

集団食中毒で周りの人がバタバタと倒れるなか、
一人だけ、下痢もしなかったA君。多少の雑菌には反応しない、
鈍くて強い腸をもっていたA君はあきらかに勝者です。
環境衛生にあまり神経質になるより、抵抗力をもった、
強くて鈍い躰（からだ）ほど素敵なものはありません。

もうずいぶん前のことですが、ゴルフの仲間十数人と蓼科のほうへゴルフに行ったことがあります。

朝、東京を出て現地に着き、ワンラウンドやって、その日は地元に泊まり、翌日、またワンラウンドして帰ってくる、という予定でした。

いわゆる一泊二ラウンドの旅行で、暑い都会を逃れて、みな遠足にいく小学生のような気分で浮き浮きして出かけました。

ところがここで、思いもしないことがおきたのです。

腹痛と下痢

この日、みなでワンラウンドして、宿舎に戻ってきたところまでは予定どおりで、なんの問題もありませんでした。

しかしこのあと、みなで揃って夕食をとってから、少し奇妙なことがおきました。

泊まったところは日本旅館で夕食は和食でしたが、そのなかに少し悪いものがあったようなのです。

おかげで、食べ終って二、三時間経ってから、みなお腹が痛くなり、下痢をしはじめたのです。

たしかにわたしも、少し生きが悪いと思ったものがあったのですが、どうやらそれが食中毒の原因であったようでした。

そこで早々に部屋に引き揚げることにしたのですが、旅館の主人は大変恐縮して、みなに平謝りに謝りました。

「申し訳ないことをしましたが、今回のことはどうかどうか、内聞にしていただけないでしょうか」

たしかに、旅館で食中毒が発生したということになると、ただちに保健所が立ち入り検査をし、旅館の営業を停止させられることがあり、それが新聞などにものるかもしれません。

「むろん、このまま黙っておいていただければ、旅館代はいただきませんから……」

ひたすら謝る主人をみて、みなは、「無料になるなら、まあ、いいか……」ということで、主人の申し出を受け入れることにしました。

そこで、それぞれ部屋に引き揚げ、早々に休むことにしたのです。

みなと一緒にしたかった

ところがおかしなことに、一人だけ、下痢をしない男がいたのです。

仮にこの男をA君とすると、十七、八人いたなかで彼だけお腹が痛くならず、下痢もしないのです。むろん食事はすべて平らげていたのですが。

このA君が、夜、十時過ぎ頃にわたしの部屋に訪ねてきたのです。

むろん、わたしはまだ調子が悪かったので横になっていたのですが、「少し、ききたいことがある」というので、起きて話をきくことにしました。

するとA君は開口一番、わたしにいうのです。

「あのう、俺はなぜ下痢をしないのだ？」

多分、彼は、わたしがかつて医師をやっていたことを知っていて、ききにきたのだと思います。しかしわたしの専門は外科で、内科のほうは詳しくないうえに、そんなことをきかれても即座にわかるわけはありません。

そこで、「みな下痢したけど、君だけしなかったのだから、それはそれでよかったじゃないか」といってあげたのです。

下痢や腹痛なぞ、ないにこしたことはありません。しかし、彼はなお不満そうな顔をしているので、さらにつけくわえてやりました。

「たしかに、食事のなかに、よくないものがあったのだろうけど、君はそれを食べてもなんでもなかったんだから、それはそれで素晴らしいことだよ。腐ったものを食べても消化した、強い腸をもっているという意味で、それはそれで才能だよ」

すると、彼は、「これって才能かなぁ……」と首を傾(かし)げていうのです。

「お前はそういって慰めてくれるけど、本当は、俺もみなと一緒に下痢したかったんだよ」と。

これには、わたしも呆気(あっけ)にとられ、彼の年齢に似合わぬ童顔を見ながら、思わず噴き出してしまいました。

一般に幸せとは人と違うこと。たとえば他人より豪華な家に住んでいるとか、高価な衣類を着ている、高くて美味しいものを食べられる、といったことを幸せと感じるものです。しかし、躰に関わることだけは、みなと同じようでありたいと思うようです。

みなが美味しいと思うものは美味しく食べられ、みながすやすやと眠るときはすやすやと眠り、みなが下痢をするときは一緒に下痢したい。それが幸せ、ということなのかもしれません。

雑菌を食べる

それにしても、彼一人、なぜ下痢しなかったのでしょうか。みなと一緒にきちんと腐ったものを食べたのに、お腹が痛くもならず、下痢もしなかったのはなぜなのか。

わたしもかつて医師で、彼に秘かに相談されたこともあって、その理由について、あとでいろいろと考えてみました。

そこで思いついたのですが、彼には悪いかもしれませんが、多分、彼は少し貧しい家に育ったのかもしれません。

いまでこそ、日本はずいぶん豊かになりましたが、以前は、一般の家庭では子供が多く、しかもお母さんは忙しくて、一人一人の子供を充分、見ている余裕がありませんでした。

そこで、小さい子供は畳の上を勝手に這い廻り、畳の縁などにたまっているゴミを、平気で口のなかに入れたりしていました。

いまなら、「Aちゃん、いけません」と、すぐお母さんがとりあげるのを、昔の子供たちは放っておかれたぶんだけ、小さいときから、いろいろ雑菌を食べていたのかもしれません。

こう書くと、雑菌を食べるなんて、とあきれる人も多いでしょうが、家のなかにある雑菌程度は、ある程度食べたところで、そう問題になることはありません。

それどころか、少し汚いものを食べたほうが腸内雑菌が増え、外から入ってくる菌にも抵抗力がつくのです。

A君の場合、多分、この雑菌を他の仲間より、子供のときから多く食べていたために、体内にすでに強い抵抗力ができていたのかもしれません。

そして、その抵抗力が、旅館での食事のときにも発揮されて、見事に彼一人だけ、腐ったものも消化して、下痢をしなかった。

そう考えるのが、もっとも適切で妥当な理由に違いありません。

しぶとく生きる

ここで改めて思い出されるのが、最近の日本人の抵抗力の無さです。

もう大分前になりますが、かつてのO157騒ぎ、さらにはバリ島のコレラ騒ぎなども記憶に新しい事件ですが、そのとき発病したのは日本人だけだと報道されました。現地の人は、騒ぎをよそに一人も発病しませんでした。

もちろん、これは日本の環境衛生がよいからで、それ自体、悪いことではありません。

しかし、環境衛生がすすめばすすむほど雑菌は駆除され、まわりはきれいにはなりますが、それだけ躰の抵抗力が弱り、わずかの菌の侵入でたちまち発病することになりかねません。

一般には、周囲を清潔にし、無菌的にすればするほど病気はなくなると考えられていて、事実そうなのですが、実際には、きれいになったらなったで、そういう状態で繁殖する菌やウイルスが現れてきます。

要するに、環境衛生と病気は常に追いかけっこをしていて、とどまるところがありません。

こう考えてくると、環境衛生もあまり神経質にならず、ほどほどのところで手を打ったほうが無難なのかもしれません。

そしてA君のように、抵抗力をもった、強くて鈍い躰をつくっていく。まさしく、このときのA君は、多少の雑菌には反応しない、鈍くて強い腸をもっていて、そのおかげで下痢をしなくてすんだのです。

逆に他の仲間は、ちょっとした菌にも反応する敏感すぎる腸をもっていたのです。

この意味で、鈍い腸をもっていたA君はあきらかに立派な勝者、といっていいでしょう。

ところで、つい先日、わたしは偶然このA君と会いました。東京駅の近くで、互いに懐かしく、数分、立ったままですが話をしました。

そのとき、わたしは咄嗟(とっさ)に、蓼科にゴルフに行ったときのことを思い出しました。

「この男だ、あのとき腐ったものを食べても下痢しなかったやつ」と。

でも、彼はそんなことはとうに忘れているようでした。

前から声は大きかったのですが、そのときも大声で、最近、会社をリタイアしたことを明るく話して、片手をあげて去っていきました。

相変らず堂々として屈託なく、どこか素敵で鈍そうでした。

そのうしろ姿を見ながら、わたしはしみじみ思いました。

もしこのあと、天変地異でもおきてかなりの人類が死滅するようなことがあっても、彼だけは生き残るのではないか。

それこそ環境衛生が最悪になり、多くの人が下痢や伝染病で亡くなるときも、彼だけはしぶとく生き続けるのではないか。

そう思ってうしろ姿を追うと、彼の姿は下痢しなかったときより、さらに逞(たくま)しく、素敵に見えたのです。

其の八　愛の女神を射とめるために

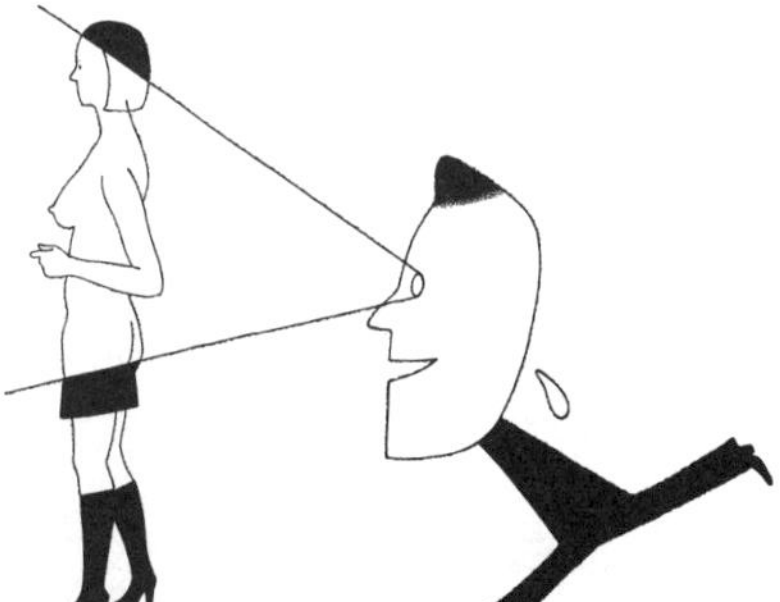

恋愛においても、まさに欠かせないのが鈍感力です。
男が女を口説くとき、鈍感であることは有力な武器となります。
誠実さに鈍感力、この二つがあれば、まさに鬼に金棒。
愛の女神はこのような、鈍感力なくして、
ゲットすることはできません。

鈍感力は恋愛においても欠かせません。

とくに、男が女を口説くとき、鈍感であることは有力な武器となります。

誠実さにくわえて鈍感力、この二つがあれば、まさに鬼に金棒です。

恋愛学はない

女性を巧みに口説くのは、平安朝の時代から、貴族の男たちにとって重要な技術であり、仕事でもあったのです。

むろん会社に勤めたり、自分でさまざまな事業をおこなうのも仕事に違いありませんが、こちらはある程度計算し、予測することが可能です。

しかし、女性を口説くことはなかなか理屈どおりにはいかない。理屈とは別の感情の世界だけに、計算どおりうまくいくとはかぎりません。

実際、だから「恋愛学」というのはないのです。

学問という以上は、ある程度の確率的なたしかさがなければなりませんが、こうしたら女性を口説ける、という絶対的な方法はないのです。

むろん、かつていわれたように、三高はかなり有利かもしれません。いわゆる、高学歴で高収入で背が高い、の三点ですが、これはある意味、当たり前すぎて、つまらないともいえます。

たしかにそういう男は、初めのスタートラインでは有利かもしれませんが、問題はそこからです。

なまじ三高に甘えて、それを自慢したり、そこに胡座(あぐら)をかいているうちに、女性に逃げられることも少なくありません。

とにかく、恋愛はまず心と心のせめぎ合いで、必ずしも論理や理屈ではない。このあたりが恋愛の妖(あや)しく、もっとも難しいところでもあるのです。

違う生きもの

ここでまず忘れてならないのは、男と女はまったく違う生きものだ、ということです。

普通、わたしたち男と女は、同じ人間で言葉も通じ合うので、話せばわかる、ずです。

と思いがちです。実際、「二人でよく話し合おう」と、語り合うことも多いは

　しかし、話したからといってよく理解し合い、うまくいくとはかぎりません。それどころか、話せば話すほど、お互いの相違点がはっきりしてきて、失望したり、喧嘩（けんか）になったり、さらには別れることにもなりかねません。

「どうして？」と嘆く人は多いでしょうが、男と女は基本的に違う生きもので、とくに肉体の原点が違うのです。それだけにただ話せばわかる、というものではありません。

「じゃあ、どうすればいいの」と、女や男たちの悲鳴がきこえてきそうですが、ここで大事なのが鈍感力です。

　最後はこれに頼って、ねばり強くチャレンジしていくよりないのです。

あきらめずに口説く

　恋愛において、男はあくまでせっかちです。

　ふと、いい女を見つけると、男はたちまち興味を抱き、接近したくなり、数

回、お茶を飲んだだけで、すぐ躰(からだ)を欲しくなります。

とにかく、こらえ性がないのです。

でも、女性を口説くのに焦りは禁物です。昔から「あわてる乞食はもらいが少ない」といわれるように、あわてては、せっかくの美女にも逃げられてしまいます。

はっきりいって、女性は逃げるものなのです。たとえ相手に好感を抱いていても、一度や二度で許すことは、まずありえません。

何度か会い、食事をしたり話をしながら、女性は男の誠意やその実態を探っているのです。この人なら心を、そして躰を許してもいいだろうか、ゆっくりと瀬踏みし、テストをしているのです。

この手間のかかるテストにいかに耐えるか。ここで必要になるのが忍耐力です。

焦らず、ゆっくりと迫っていく。この忍耐力の原動力になるのが鈍感力です。

最近、女性たちの不満として、よくきくのは、「近頃(ちかごろ)の男性は粘りがない」ということです。

一度、デートをして少し近づいた。その時点ですぐ、好ましい返事を欲しがり、「好きよ」という言葉や、ときには接吻まで求めてくる。

でも、女性はそれくらいで許すことは、まずありえません。それどころか、焦ると、「駄目よ」ときっぱり断ってきます。

それだけで、男たちは、もはや脈がないと思ってあきらめてしまう。

これでは、女性をゲットすることは難しい。

先にも書いたように、女性はもう一度、誘われたり、迫られたりすることを、待っているのです。

むろん、そこで許すとはかぎりませんが、待っていることはたしかです。

このチャンスを逃がすようでは、素敵なハンターとはいえません。

要するに、よきハンターは断られても断られても、また誘い、愛を訴える。

この粘りと図々しさがなければ、美しい獲物を手にすることはできません。

ここで必要になってくるのが、一度や二度、あるいは三度、断られてもへこたれない精神力です。

この、うまくいかない状態に耐えてさらに口説く。この鈍感力こそが、最後の勝利者となるのです。

事実、多くの女性は、「多少、気に入らなくても、何度も何度も誘われ、懸命に口説かれると、そのうち次第に心をほぐされ、好きになるかも……」といっています。

とにかく女性は、口説かれるのが好きな生きものなのです。

この習性を見逃す手はありません。

そして、この習性を利用して女性をゲットするためには、優れた鈍感力が欠かせません。

もちろん、すべての女性に、それが通用するわけではありません。しかし、かなりの女性はこの鈍感力に弱く、最後に受け入れてくることが多いのです。そして、たとえ受け入れてくれなくても、そういう男性には好意を抱き、彼女の記憶のなかに残ります。

一度、断られただけですぐ傷つく。そんなデリケートなひ弱な精神で、女性のように強く逞しい生きものを口説くことはできません。

鈍感な胃と腸

鈍感力は、女性を口説くための精神力として、必要なだけではありません。それと同時に、肉体的な面でも有用な働きをします。

たとえば、狙(ねら)い定めた女性と食事をしているとき、胃も腸も、いい意味で鈍感でなければなりません。

よく男のなかには好き嫌いが激しく、ときには偏食を自慢にしているような者もいます。さらにはあまり食欲がない小食な男もいます。

こういう男は、女性に圧倒的に嫌われます。

デートをして食事をするとき、ほとんどの女性は食べることに関心があり、美味(おい)しいものを食べたいと思っています。

たまに、「あの人が好きで、食事が喉(のど)を通らないわ」などという女性もいますが、それは二人の関係がかなり深くなってからのことです。

普通、二、三回デートをした頃には、それほど緊張しているわけではありませんから、それなりの食欲はあるはずです。たとえ「お腹(なか)がいっぱい」と口ではいっても、結構、食べる余地は残しているものです。

　こういう女性に楽しく愉快に食べてもらうためには、まず男のほうが食べることです。

「これは旨い。これも美味しい」といってぱくぱく食べる。これが男性的な魅力の一つでもあるのです。

　このように、相手の男がどんどん食べてくれると、女性のほうも安心して、この人がこんなに食べるのなら、わたしも食べても平気だわ、とつられて食べるようになります。

　こういうリラックスした食事の時間が女性は好きなのです。ともすれば、女性は猫を被り、ええ格好しいのポーズをとることが多いだけに、その猫被りを除いてやる。

　これも、男性の重要な仕事です。

　そしてそのためには、まず鈍感な胃や腸をもつことです。

　なんでもでてきたものはどんどん食べる。多少、まずそうで、相手の女性が残したものでも食べる。この旺盛で、逞しい胃袋に女性は感心し、男らしさを感じ信頼感を抱くようになるのです。

雑然とした部屋

ここまできて、いよいよ自分の部屋に彼女を誘いこんだり、彼女の部屋に入ることが許されたとき。

このときも、鈍感力は一層、効果をあらわします。

たとえば、彼女を部屋に誘ったとき、男の部屋があまりにきちんと整理、整頓されていては、彼女のほうが緊張します。

「こんな神経質に、部屋をきちんと掃除するような人と一緒になったら、大変だわ」「これでは、わたしのだらしなさが目立ってしまう」などと考えて、いささか警戒的になります。

逆に部屋のなかが雑然として、少し汚れているような、そんな男くさい、ある意味で、だらしない気配を感じたほうが、女性は安心して気が楽になります。

さらには母性愛のようなものを感じて、「わたしがなにか、してあげなくては」といった気持になるかもしれません。

この少し汚れた部屋に平気でいられる。しかもそうした部屋に自慢そうに案内する。このいい意味での無神経さは、まさに鈍感力のたまものです。

そしてこの力は、当然のことながら、彼女の部屋にいくときにも有利に働きます。

もし招かれて、あるいはやや強引に入れてもらったとして、一見、かなり雑然として少し汚れてもいる。そう思っても、それらしいことは一切、口に出してはいけません。

そんなことを少しでもいったら、途端に、それまで営々と築き上げてきた信頼感が、一気に崩壊することになりかねません。

それより、多少の雑然さは無視して、「きれいだ」「素敵だ」と褒めるべきです。

もともと女性は、「きちんと掃除をしなくては」と思い、していないことにコンプレックスを抱いているのですから、あえてそれに関わることはいわない。

それより、「俺は多少汚くても平気だよ」といった気概というか、態度を見せたほうが、はるかに印象はよくなります。

ここにおいても、鈍感力が有効に働きます。

鈍感であれば、多少、部屋が雑然としていても、香水の匂いが強くても、猫の毛が散らばっていても、平気で休めます。

たとえそこまでいかなくても、「この男なら、少しくらい、だらしなくても許してくれる」と思うと、女性の心は一層、優しく、開放的になるはずです。

以上、恋愛における、いろいろな面での鈍感力の素晴らしさについて記してきましたが、このあとに続く同棲や結婚においても、この力はますます威力を発揮してきます。

改めて記しますが、愛の女神は鈍感力なくしてゲットすることはできません。

其の九　結婚生活を維持するために

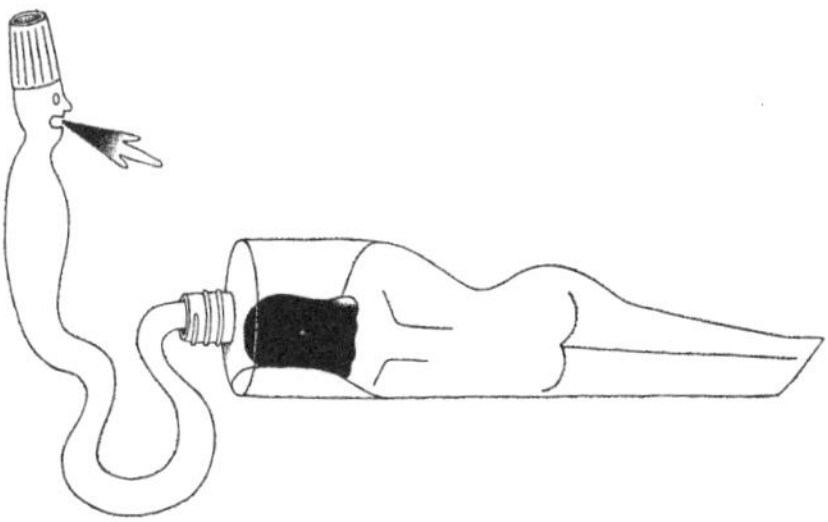

よく、結婚の幸せを口にしたり、
老後しみじみ「あなたと一緒でよかった」などといいますが、
それは長い長い忍耐を経てきた結果の、つぶやきなのです。
そしてその忍耐の裏には、素敵な鈍感力が二人を支え、
守ってきたことを、忘れるべきではありません。

前章では、恋愛において、鈍感力がきわめて重要であることを記しましたが、この力は、恋愛のあとに続く結婚においても、さらに重要な役割をはたします。

まさしく、これを備えているか否かによって、君の、そして貴女(あなた)の結婚が長続きし、互いの未来が、明るくもなり暗くもなるのです。

一緒に棲んだから

結婚というものは、いうまでもなく一組の男女が、「一時の熱情にかりたてられて一緒になり、ともに狭い部屋に棲(す)むこと」をいうのです。

この結婚までの過程、いわゆる恋愛中は、目前の楽しさに心を奪われ、結婚生活の現実を想像することはまず不可能です。

たとえ互いに多少の問題は感じていても、まず結婚することしか頭になく、もしそのあとで問題がおきたら、互いに直していけばいいと、簡単に考えます。

ところが、この甘さが問題で、ここからいろいろなトラブルが生じてきます。

その最大の理由は、狭い部屋に二人で棲むからです。

そんなことをいっても、結婚は一緒に棲むことだろう、と反論されそうですが、それはそのとおり。たしかに結婚とは一緒に棲むことですが、だからこそ、お互いの欠点がよく見えてくるのです。

これまで、恋愛中や婚約時代には、別々の家に棲んでいたおかげで、お互いの欠点が見えずに、そして見ずにすますことができました。

ところが、結婚して一緒になった途端、互いの欠点が一気に見えてきます。

これも、近づきすぎたからですが、そのひとつの例をこれから示します。

歯磨きチューブ

もうかなり前ですが、わたしのところにある編集者がきて、仕事の打ち合わせをしました。

たまたま夕暮れどきで、打ち合わせはじき終ったのですが、彼が突然、「もう少しいても、いいですか？」というのです。

わたしもさほど忙しくなかったし、互いに水割りを飲んでいたので、「かまわないよ」といったのですが、少し気になって、「なにか、あったの?」ときいてみたのです。

すると彼は少し気まずそうな顔で、「実は今朝、出がけに、ワイフと大喧嘩をしてしまって、なにかこのまま帰る気になれないのです」というのです。

はっきりいって、他人の夫婦喧嘩のことなぞどうでもいいことですが、とくに話題もなかったので、「なにが原因で、大喧嘩になったの?」ときいてみたのです。

すると彼がいうには、「原因は歯磨きチューブなのです」とのこと。

以下は彼の説明ですが、彼の家でつかっている歯磨きチューブは白くて長くて、チューブを押すと、押した指の痕が残る、柔らかい材質のものらしいのです。

もともと彼は几帳面な男らしく、このチューブを押してできた指のへこみの痕を、毎日きちんとうずめるため、減った分だけうしろから巻くのが慣わしになっていたようです。

ところが彼の奥さんという人は、そんなことはあまり気にせず、どこからでも押して、チューブに指の痕をいくつも残していく。

そこで彼は毎朝、その痕が気になって、奥さんが残していった指の痕をうずめて、補整していたらしいのです。

ところがその日の朝、ついに堪忍袋の緒が切れて、奥さんに一気にいってしまった。

「君ね、チューブを押したあとは、俺のようにきちんと、へこみを正して、うしろから巻くようにしなさい。俺は、君が押したあとの、でこぼこがいつも残っている、このずさんなところが嫌いなんだよ」

そういった途端、今度は奥さんが睨み返し、「それでは、あなたの嫌なところ」と、一気に三倍いい返されて大喧嘩になった、というのです。

これを聞いた瞬間、わたしは笑う前に感動してしまいました。

なんて、いい話。これをこのまま書けば、いい短篇小説になります。もちろん題名は、「朝のいさかい」で決まり。

この話の素敵なところは、大喧嘩の理由がつまらない、ところです。

これがもし、彼の浮気がバレたとか、奥さんがとんでもない浪費をしてしまった、というのなら、怒るのも当然、大喧嘩になっても仕方ありません。でも、歯磨きのチューブの押し方ごときで大喧嘩になる。ここが面白く素敵なところです。

まさしくここには、やや飽きかけているが離婚するほどでもない、少しくたびれた中年夫婦（彼は四十一歳）の倦怠と苛立ちが、鮮やかに表れています。察するところ、多分、この几帳面な男も、新婚当時であればこんな文句はいわなかったと思います。それどころか奥さまの指の痕を見て、「ああ、なあんて可愛い指の痕」とつぶやき、そこに接吻をしたかもしれません。

それが結婚して十数年も経つと許せなくなる。その間に愛のボルテージが落ちて、かつては許せたものが、いまは許すどころか怒りとなって爆発してしまった。

まさに歳月ほど怖いものはありませんが、こんなことになった最大の理由は、二人が結婚して一緒に棲んだからです。

どうでもよいこと

察するところ、この夫婦には、チューブの押し方以外に、いろいろと気の合わないところがあったのだと思います。

それはこの夫婦にかぎらず、一般の夫婦においても同様です。いうまでもなく、結婚というものは異性同士で、性格も育ちも躾も、好みも趣味も価値観も、すべてが異なるカップルが、一時の熱情にかられて狭い家に一緒に棲むことです。

その結果、当然、二人のあいだにさまざまな不満や違和感が生じてきます。多くの夫婦は、それらを互いに我慢したり、ときには軽くいい合い、あるときは改め、あるときは妥協しながら、結婚生活を続けていきます。

しかしこういう状態が長年続くうちに、お互いのなかに小さな不満や苛立ちが、ボディブローのように蓄積されていきます。

この編集者夫婦の場合は、それがたまたま歯磨きチューブの押し方をきっかけに爆発した、にすぎません。

ただここで注意しなければならないのは、この争いの原因は理屈ではないということです。

その証拠に、歯磨きチューブをつかったあとは、きちんとお尻（しり）から巻くべきか、そのままでもいいかなど、いくら議論しても解決することではありません。

でも、気になる人にはひどく気になるし、気にならない人にはまったく気にならないことでもあるのです。

男女や夫婦のあいだでは、こうした理屈ではない、感じ方というか感性の問題で合わなかったり、苛々することが無数に出てきます。

ここで、いよいよ重要になってくるのが鈍感力です。

先程の歯磨きチューブの押し方のような場合、いい意味で鈍感な人はあまり気になりません。一般にはきちんと巻いておくほうが好ましいかもしれませんが、巻いてなくてもかまわない。要するに、そんなことはどうでもいい。

こういう男なら、初めから喧嘩にもなりませんから、そのあと、奥さんからいい返されることもなく、したがって大喧嘩になることもありません。

むろん、鈍感な故に、ときに奥さんから、いろいろ文句をいわれることはあるかもしれません。

でもそういうときも、「なにかまた、つまらぬことをごたごたいっている」と馬耳東風、あまり気にしないし気にならない。

こういう男が相手だと、奥さんもある程度あきらめ、また、暢んびりかまえる癖ができて、おおらかになるかもしれません。

ところが生来、シャープで神経質な人ではそうはいきません。妻、または夫のすることのひとつひとつが気になり、苛立ち、不満が高じて、ストレスがたまっていきます。

先程の彼は、「ついにたまりかねて」といっていましたが、ここに至る前にいちいち文句をいっていたのでは、早々に夫婦の仲は崩壊します。そこまで我慢したからこそ、そこまで続いていたのです。

よく女性なども、「ひとつひとつ気になって困るの、なんとか鈍感になりたいわ」と嘆く人がいますが、これもそうした例のひとつです。

結婚を長く続けていると、みなどこかで気にしすぎてはいけない、もっとおおらかにならなければ、と思っているものです。

でも、ときにかっとなって喧嘩になってしまう。

こんなとき、あまり気にしない鈍感な人なら、さほど問題にならないでしょう。

むろん、鈍感も過ぎては困りますが、ほどよく鈍感でありたいと願っている人は多いのです。

でも、もともと鈍感な人は、そんな努力をする必要もありません。初めから地でいって成功するのですから、こんな楽で素晴らしいことはありません。

いずれにせよ、結婚は裏を返せば、長い長い忍耐の道のりでもあるのです。

よく、結婚の幸せを口にしたり、老後しみじみ「あなたと一緒でよかった」などといいますが、それは長い長い忍耐を経てきた結果のつぶやきなのです。

そしてその忍耐の裏には、素敵な鈍感力が二人を支え、守ってきたことを、忘れるべきではありません。

其の十　ガンに強くなるために

ガンの予防から治療、そして社会復帰したあとまで、
すべての点で大切なのは気持のもちよう、すなわち鈍感力です。
鈍感力に優れていれば、ガンになっても、
そう怯えることはありません。いや、それ以上に、
そういう人がガンになる確率は格段に低いのです。

いま、もっとも多くの人に恐れられているガン。

この病気の予防から治療、そして一旦、治ったあとの健康管理など、あらゆる時点で重要なのが鈍感力です。

この力のあるなしでガンを予防し、万一ガンになった場合でも軽くすますことができるか否か、大きな差ができてくるのです。

ガンの原因について

なぜガンになるのか、この原因についてはこれまで、いろいろなことがいわれてきました。

一つは喫煙ですが、続いて有害物質、たとえば大量の塩分とか発ガン食品を摂取した場合、さらに排気ガスや煤煙などの窒素酸化物を吸収し、放射線や紫外線などを浴びることなど。これらはガンを誘発する直接の原因として、統計的にもはっきり示されています。

しかしこれらとは別に、偏食、肥満、さらに遺伝説、ウイルス説、免疫力低下説、そして原因不明説まで、さまざまな原因が論じられてきました。

そして近年、注目されてきたのが自律神経説です。

この自律神経は、心と躰のバランスを保つ重要な神経で、「血をさらさらと流すために」という章でも触れましたが、自律神経が変調をおこすと、ガンが発生しやすい、というのです。

そこでいま一度、自律神経について説明すると、自律神経とは、当人の意思とは無関係に、血管、心臓、胃腸、子宮、膀胱、内分泌腺、汗腺、唾液腺、膵臓などを支配し、生体の植物的機能を自動的に調整する神経のことです。ちなみに動物的機能というのは手や足を動かしたり、ものを見たり、とらえる機能をいうのです。

この自律神経には、交感神経と副交感神経の二つがあり、これが拮抗的に働き、この中枢は脊髄と脳幹にあります。

このように、自律神経は当人の意思とは無関係の分野をコントロールしているように思われています。しかしそれは一つの単純な行為、たとえば食物を食べて胃で消化し、腸で吸収する、という各臓器の働きだけみたときのことで、実際にはその各段階における気持のもちようで、消化や吸収に微妙な影響を与えることが多いのです。

そうした例はいくつもありますが、たとえば、思いがけないことを聞かされて驚いたり、大変怖いめに遭ったときなど、顔色が真蒼（まつさお）になり、心臓が早鐘のように打ち、胃の奥のほうがきりきり痛くなることがあります。さらに緊張すると思わず手に汗をかいたり、試験前になるとしきりにトイレに行きたくなったりと、心のもちようで、自律神経から内臓にまでさまざまな影響を与えます。

この自律神経が順調に働き、躰も心も安定している人ほど、ガンにかかりにくい、というのです。

ここで気がつくのは、先に挙げた原因のなかの、偏食、肥満なども、この自律神経の変調と関（かか）わりがあることです。

一方的な偏食や肥満は、往々にして自律神経の失調によっておこってくることが多いのです。

たとえば、いやな思いや欲求不満などから偏食が生じ、さらには心配ごとや悩みごとなどからやけ食いに走り、肥満になることも少なくありません。

一口に、偏食、肥満、痩せすぎ、といっても、その裏には、さまざまな心の葛藤が潜んでいるのです。

これらをいかにバランスよく、健康な状態に戻して、自律神経を正常な安定した状態で働かせるか。ここで重要になるのが鈍感力です。

遺伝説の背景

いい意味での鈍感力、すなわち神経的なタフさをそなえている人は、些細なことで驚いたり、怯えることもありません。

いつもある程度、安定して、いろいろなものごとに対応できれば、自律神経を緊張させたり、過度に反応させることもなく、いつもバランスよい状態に保つことができます。

このように、異常に自律神経を刺戟しないことが、ガンを発生させないもとで、ひいてはそれがガンの予防にもなる、というわけです。

実際、六十代までのガンにかかった人とかからなかった人を比較すると、かかった人のほうがはるかに精神的にナイーヴで、些細なことを気にしすぎる人が多かった、という統計があります。

このことからも、ナイーヴで神経質な人のほうがガンにかかりやすいことは明白です。

初めに述べたガンの原因として、遺伝説がありましたが、これはまだ遺伝学的に、はっきり証明されているわけではありません。

しかし家系的に、ガンにかかりやすい家系があるといわれていて、ここから考えられてきたのが性格説です。

いまもし、お父さんかお母さんがかなり神経質なタイプで、ガンにかかったとすると、その息子や娘もガンにかかりやすいのではないか、という考えです。

これは親子が一緒の家に住み、神経質な両親に育てられたら、子供も神経質になる確率が高く、したがって親も子もともにガンになる確率が高くなる、というわけです。

このあたりは性格の問題で、一人一人おかれた環境の違いもあって、明確に定義していくのは難しく、はっきりしたデータはありませんが、遺伝説の一つの裏付けになることはたしかです。

そしてここから、鈍感力のある家系はガンになりにくい、ということがいえます。

あまり細かなことを気にしない、おおらかな親の下で育てられると、その子もおおらかな性格になり、ガンになる確率は低くなる、と。

この背景にあるのは、まさしく鈍感力ですが、あまり暢んびりしすぎてガン検診や些細な病気の予兆を無視しては問題です。

その点は気をつけ、総体的には鈍感力を発揮し、おおらかに暢んびり生きていけばガンにかかりにくい。そしてそれがそのままガンの予防にもなる、というわけです。

もしガンになったら

もし不幸にしてガンになっても、鈍感力はきわめて有効です。

以下は、あるガンセンターに勤めている看護師さんの話ですが、同じガン患者さんでも性格的に楽観的で、いつも前向きに、絶対治ってみせると意欲のある人のほうが治癒率は高い、というのです。

逆に弱気で、もう駄目だと自分であきらめて落ち込む、そういうタイプの人ほど治る率が低いというのです。

これはわたしの身近でも感じていることで、Aさんは六十歳で肝炎から肝臓ガンに侵されているのですが、「なにくそ、負けるものか」と闘争心をかきたて、毎日、自営業の仕事に打ち込んでいます。

彼はときどき、体調の悪いときだけ入院しますが、数日でまた戻ってきて仕事に復帰する。この容易にへこたれない、前向きの生き方がプラスになっているのか、担当の医師が驚くほどお元気で、その気迫にガン細胞のほうも恐れをなしているのかもしれません。

実際、ガン細胞といえども、宿主である人間にとりついている寄生虫にすぎません。

ガンだなどと威張ってみたところで、そのご主人さまの養分をいただかなければ生きていけない、憐(あわ)れな奴(やつ)なのです。

それだけに、ガン細胞ごときにぺこぺこする必要はありません。

「この野郎、よくも俺の躰にとり憑いたな。でも俺のところにきたのがお前の運の尽き、そう簡単に大きくはしてやらないぞ」

そんなことをいって脅かしてやると、ガン細胞もびびってしまいます。

実際、同じガン細胞でも、やたら生きがよくて元気のいい奴から、あまり元気がなく発育の遅い奴までいろいろです。さらによく活発に動く奴も、怠け者でのたのたしている奴もいます。

いずれにせよ、ガンがとり憑いた人間さまの気持のもちようで、ガンの運命もずいぶん変るのです。

そして、ここで大切になるのが鈍感力です。たとえばガンになったところで、「なにくそ、こんな奴は追い散らしてやる」と焦らず、悠々とかまえて対処する。ときには、じゃあガンの奴と友達になって、一緒に人生を楽しむか、といった気持で明るく前向きにすすむ。

これがガンの進行を止め、再発を予防し、ガンを打ちのめす、最良の方法でもあるのです。

治ったあとも

運良くガンが治ってからも、鈍感力は大切です。

一般にガンは治っても、なかには途中から再発して、死にいたることも少なくありません。

この点については古くから、五年生存率という言葉がよくつかわれていて、一度ガンになってから五年間、無事に過ごせばもはや再発せず、完治といっていい、ひとつの指標（メルクマール）になっています。

もちろん、ガンの種類や、かかった人の年齢などによって多少の違いはありますが、この五年間をいかに過ごすかはきわめて重要な問題です。

当然、多くの人は、再発しないだろうかと、不安な気持で過ごしますが、心配ばかりしていては精神の衛生によくありません。そしてそれ以上に、躰にも悪い影響を与えます。

前にも記したように、不安が高じると自律神経を刺戟し、躰の抵抗力を弱めてしまいます。それより、一旦、治ったのですから自信をもつことです。変におどおどせず、どっしりかまえる。そのためにも、できることなら仕事をし、その忙しさに追われて、ガンのことを忘れることです。

ここでまたまた重要になるのが鈍感力です。いい意味で鈍くて、嫌なことや鬱陶(うっとう)しいことは忘れるようにして、万事、明るく前向きに生きていく。こうすれば血もよく巡り、躰の抵抗力も強くなり、躰そのものに生気が漲(みなぎ)ってきます。

かつて日赤病院の外科部長をされて、御自身、大腸ガンにかかったことがある、竹中文良(たけなかふみよし)先生は、ガン患者の社会復帰を手助けする、『ジャパン・ウェルネス』を主宰されていますが、先生も、「精神的に明るく、前向きの人のほうが、予後（治療のあと）も良好である」といわれています。

このように、ガンの予防から治療、そして社会復帰したあとまで、すべての点で大切なのは気持のもちよう、すなわち鈍感力です。

鈍感力に優れていれば、ガンになってもそう怯えることはありません。いや、それ以上に、ガンになる確率は格段に低いのですから、「われこそは鈍感力の王様」といって、おおいに威張り、誇りをもっていいのです。

其の十一　女性の強さ　其の一

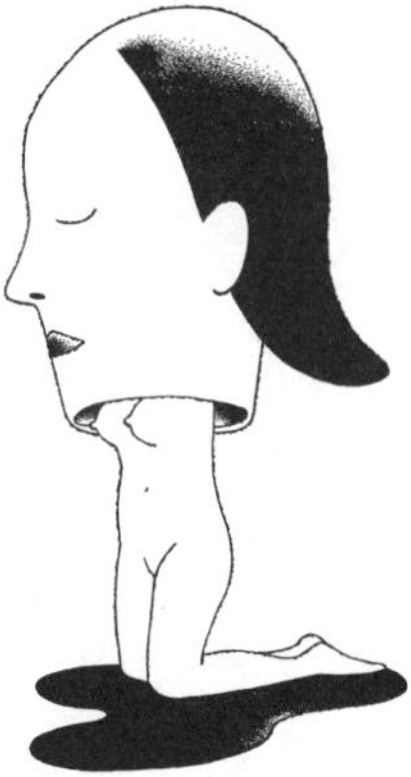

「弱きもの、汝の名は男なり」――男はなんと律義でナイーヴな性なのか。
それに比べて女性はなんと包容力があって、曖昧で鈍感な性なのか。
むろん、これは女性が子供を産むという、人類の存続にとって、
もっとも重大な仕事をする性であるため、
創造主が与えられた、天性の力でもあるのです。

「男と女とどちらがナイーヴか」ときかれたら、多くの人は、「もちろん女性」と答えるでしょう。

しかしそのナイーヴさをどの点に求めるかによって、答えは少し変ってきそうです。

まず精神的な面にかぎると、圧倒的に「女性」と答える人が多いかもしれません。

肉体的な面にかぎっても、やはりほとんどの男性は、「女性」と答えることでしょう。

さらに女性の一部も、「女性よ」と答えるかもしれません。

いずれにせよ、精神的にも肉体的にも、女性のほうがナイーヴと思っている人が多いようですが、はたしてどうなのか。

その点を、まず肉体的な面から探ってみることにします。

ひ弱な男の子

諺(ことわざ)に「一姫二太郎」という言葉があります。

これを、子供は女一人に男二人が理想、と思いこんでいる人がいるようですが、これは間違いです。

そうではなく、正しくは、「一番目の子供は育て易い女の子がよく、二番目は育てにくい男の子を産むのが理想である」、という意味です。

意外、と思う人もいるかもしれませんが、実際に男の子と女の子と、両方育てたお母さんなら、よくわかっているはずです。

女の子は小さいときから寝つきがよくてよく眠り、まわりが多少うるさくても起きません。またあまりお腹(なか)をこわしたり、風邪をひくこともありません。

これに対して、男の子は、小さなもの音でもすぐ目を覚ますし、そのまま泣き出してぐずることも多いのです。さらによく風邪をひくし、お腹もこわしやすい。すべてにおいて敏感で育てにくい、といわれています。

そのせいか、男と女の出生率は昔から男のほうがやや高いのですが、二十歳の成人の頃になるとほぼ同数になり、以後、年齢をとるにつれて徐々に女性が多くなっていきます。このことからも、男の子のほうが育てにくいことは明らかで、かつて環境衛生がさほどよくなく、栄養状態が悪かった時代には、圧倒的に男の子の死亡率が高かったのです。

男の子が生まれると、それこそ蝶よ花よと大事に育てても、なかなか成人まで育つのは難しい。

かつて江戸時代に、さまざまな女性が集っていた大奥という制度をつくったのも、男の子が生まれて成人する可能性が低かったからで、将軍のお遊びというより、男子を得るための制度といった面が強かったのです。

このように幼いときから男はひ弱で、女は頑丈でした。

こういうと、男は生まれついたときから大きく、体格もがっしりしているのになぜ、と思う人も多いでしょう。しかし見かけががっしりしていることと、肉体的な強さとはなんの関係もありません。堂々としていても男の躰は意外に脆いのです。

逆に女性の躰はか細くて柔和で頼りないが、実際は見かけによらず強靭でしたたかなのです。

以下、そのことを具体的な事実とともに、説明することにします。

教科書とは別

まず初めは出血について。この点で、女性は男性よりはるかに強いのです。

一般に、人体の総血液量は体重の十二分の一、といわれています。たとえば体重六十キロの人は、十二分の一の五キロ、(血液と水の比重は同じではありませんが)約五〇〇〇ccの血液のうちの三分の一が出ると、死亡するといわれています。

ところが、これが必ずしもそうではないのです。

以下はわたしの実際に体験したことですが、かつて医師だった頃、阿寒(あかん)の奥の雄別(ゆうべつ)炭鉱というところへ出張したことがあります。

ここである日、三十半ばの女性がショック状態で運ばれてきました。顔面は蒼白(そうはく)で意識はなく、血圧を測っても低くて計測することができません。

あきらかに、お腹のなかで子宮外妊娠の破裂などによる、大量の異常出血が起きていると思われました。

しかしたまたま産婦人科医は学会で出張中で不在ですし、もっとも近い釧路（くしろ）の病院まで運んでも一時間以上はかかり、その間に患者さんが死亡することは明白です。

どうするべきか、迷っていると、婦長さんが「先生、すぐ開腹して止血しましょう」というのです。

でも、わたしは整形外科医で産婦人科のことはわかりません。しかし外科系の医師はわたし一人しかいないのです。

とにかく、このままでは死を待つばかりであることは明白なので、思いきって開腹することにしました。

まず輸血と点滴をしながら、下腹部を開くと、お腹のなかにたまっていた血が一気に溢（あふ）れ出て、それを見ただけで足ががたがた震えてきました。

「膿盆（のうぼん）でかき出して」と婦長さんにいわれて、金属製の皿のようなものでかき出しても、血は次々と洪水のように溢れ出て、容易なことでは出血部が確認できません。

それでも眼下に黄色いふくらんだものが見えてきたので「子宮だ」と叫んだら、婦長さんに「それは膀胱です」といわれて、さらにその下を探りました。

こうして懸命の血液かき出しの果てに、ようやく子宮に達し、その破裂部を中心に針と糸で懸命に縫い合わせました。

本当は出血している胎盤を除けばすぐおさまったのですが、そこまでの余裕はなく、まさに子宮をがんじがらめに縛りつけた状態で、とにかく出血だけはくい止めることができました。

しかし患者さんは死んだように頬から唇まで蒼白で、もちろん血圧も測れません。

これではもはや助からない、と思いましたが、手術台に休ませたまま、ともかく輸血と点滴だけは続け、わたしは血に染まった手術着を脱ぎ、一旦手術室を出ました。

途端に、入り口で待っていたご主人と子供さんが駆け寄ってきて、「どうでしたか?」ときくので、わたしはゆっくりと頭を左右に振りました。

「一生懸命やりましたけれど、駄目かもしれません……」

途端に子供は泣き出し、ご主人は深々と頭を垂れてしまいました。

その二人を残してわたしは医局に戻り、疲れた躰をソファーに横たえ、いま見た血の海の凄さを思い返していました。

とにかく、すさまじい出血でした。医学の教科書には、「全血液量の三分の一が出ると死ぬ」と書かれています。それからみると、あの患者さんは三分の一どころか二分の一近くは出ている。もはや到底助かることはない。そう思って目を閉じていると、突然医局の電話が鳴ったのです。

ついに息を引き取ったのか。そう思って受話器をとると、手術室にいた看護師さんからで、「すぐきてください」というのです。

「亡くなったのか?」

「いいえ、唇に少し赤味が戻ってきました」

これはいったいどうしたことなのか。不思議に思って手術室に行くと、先程まで顔面蒼白だった患者さんの唇にかすかに赤味がさして、低く呻くのです。

すぐに聴診器を当ててみると、心臓は確かに鼓動し、血圧も低いながら測れます。

いったいなにがおきたのかと狐につままれた感じでしたが、とにかく生き返るのは悪いことではありません。

そのままさらに輸血と点滴を続けて様子を見るうちに、顔はさらに赤味を増し、やがて「苦しい……」と訴えだしたのです。

ここまできたら、もう大丈夫。わたしはさらに点滴を続けるよう指示して手術室を出ました。

すると、先程のご主人が駆けつけてきてきくではありませんか。

「死んだんですね」

「いえ……」

残念ながら、というのはおかしいけれど、「大丈夫です」と、小さな声でつぶやきました。

途端に、ご主人はきょとんとした表情で、わたしを見詰めるのです。

そこで、もう一度、「助かります」というと、彼は「ええっ……」と、奇妙な声を発して、いうではありませんか。

「さっき、先生が駄目だといわれたので、親戚にも連絡したんですよ」

そういわれても助かったことは事実なのだから、もう少し喜んだらどうなのか。

そういいたかったけれど、彼はなお不思議そうにわたしの顔を見詰めているのです。

そのときの彼は本心では、「なんて信用できない医者なのだろう」と思ったに違いありません。

弱きもの、汝の名は

それにしてもあの患者さんは本当によく生き返ったものです。

その二日後、産婦人科の先生が学会から戻ってきたので、わたしは緊急手術の様子と、その後の容態について報告しました。

そして一つだけ、きいてみたのです。

「すごい出血で、もう絶対駄目だと思ったのですが……」

「あれは、出血するからね」

「全血液量の二分の一くらいは出たと思うのですが、助かったんですよ」

すると産婦人科医はあっさりというではありませんか。

「女性は出血には強いんだよ。たしかに教科書には三分の一、出血したら死ぬ、と書いてあるけれど、教科書どおりに死ぬのは男だけだよ」

いわれた途端、わたしは唖然(あぜん)として、なにもいえませんでした。

たしかに毎月の生理などで、女性は出血に慣れているのかもしれません。

事実、医学の実習などでも、大量の血を見て貧血をおこしたり倒れるのはほとんどが男性です。女性は小さな傷などでは、「きゃあ」と黄色い声をあげますが、やや多めの血を見たくらいで倒れることはありません。

最近、妻の出産に夫が立ち会うケースが増えているようですが、このときあらかじめ夫に、次のような注意をします。

「もし分娩室(ぶんべんしつ)に入っていて、ご気分が悪くなるようでしたら、早めに仰言(おっしゃ)ってください」と。これは出産を見ていて気絶する夫が多いからで、このことからも男が血に弱いことは明白です。

しかし女性は、そんなことでは倒れません。実際、子供を産む当人が、気絶などしていては生まれてくる子供の命にかかわります。

それにしても二分の一近い出血をしても助かるとは。そして教科書どおり死ぬのは男だけとは。

なんと男は律義で、女性はなんと包容力があって、曖昧で鈍感な性なのか。

それに比べて、女性はなんと包容力があって、曖昧で鈍感な性なのか。

むろん、これは女性が子供を産むという、人類の存続にとって、もっとも大事な仕事をする性であるため、創造主が女性だけに与えられた、とくべつの力であることは間違いありません。

しかしそれにしても、なんと男は弱い性なのか。

「弱きもの、汝の名は男なり」

さらに驚いたことに、この六年後、また雄別で、この女性と会ったのです。

すると、彼女は、「先生は、わたしの命の恩人です」といって、ウイスキーを一本さしだして、さらに二歳くらいの男の子を見せてくれたのです。

「この子、あのあとに生まれた子で、先生と同じ名前をつけさせてもらいました」

その淳一君は、いま四十歳をこえているはずですが、あのときがんじがらめに縫った子宮がまた再生して子供を妊(はら)んだとは。子宮はなんと強い臓器で、女性の躰はなんと逞(たくま)しく、したたかなのでしょう。

其の十二　女性の強さ　其の二

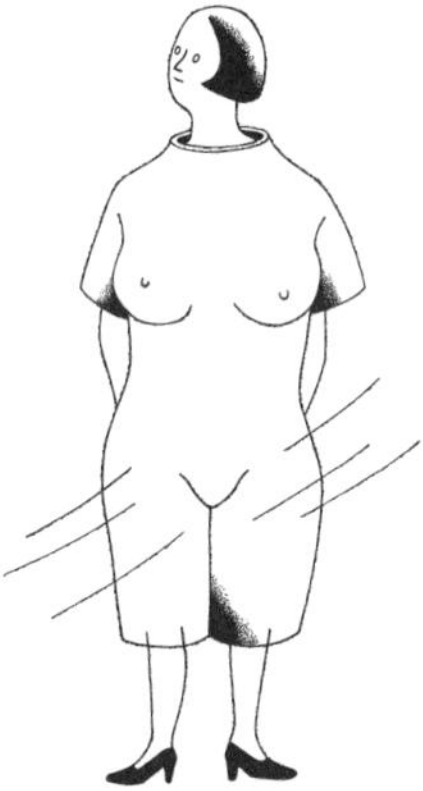

女性は、出血にも、寒さにも、痛みにも強い。

かつて出産は、産む母親も産み落とされる子供にとっても、命がけの難事でした。それを乗りこえて、いかに子供を産み、人類を永続させていくか。ここで創造主が考えたことは、出産という難事を担う女性を強く、逞しくつくることでした。

前章では、女性の強さのなかでも、出血に対する強さについて触れましたが、本章では寒さと痛みに対する強さについて記すことにします。

女体の柔らかさ

一般に、女性は男性に比べて骨格が小さく、全体に細(ほ)っそりとしていて、寒さにも弱いように思われています。

事実、女性には手足などが冷たい、末端冷え症が多く、男性より寒さに弱そうに見えます。

しかし女性の躰(からだ)のなかには、外見からはわからぬほど大量の脂肪層が広がっていて、寒さに対してはかなり強いのです。

この脂肪層は女性ホルモンと関係があるといわれていて、これが要所要所にあるために、女性の躰をふっくらと、柔らかく見せているのです。

これに対して、男性の躰は骨格こそ大きく、がっしりしていますが、体内の脂肪層は意外に少なく、おかげで外見は骨ばった感じに見えます。

このことは、いわゆるゲイといわれる男性たちを見るとわかることで、彼等がいかに女装して、女らしい仕草をしても、どこかぎこちなく女性らしい円やかさに欠けています。

このように、女性はかなり痩せている人でも、躰の内部にかなりの脂肪層を秘めているのです。

したがって、外から見て肥っている女性は、相当量の脂肪を体内に貯えていることになります。

実際、虫垂炎などでお腹を開いて手術をするとき、女性のお腹の内部には脂肪が多いので、これを鉤などで左右に分けるのが大変です。

はっきりいうと、こういう手術が一番やり易いのは痩せている男性で、見た目どおりに脂肪層が薄く、これを除けるのに手間がかからず、すぐ虫垂の部分に達することができます。

これと逆に、もっともやりにくいのが肥っている女性で、お腹の脂肪を分けていくだけでも大変です。

皮下の脂肪が多いか少ないかによって手術のやり易さがこれだけ違うのに、虫垂炎の手術料がみな一律に同じというのは、少し矛盾しているといえなくもありません。

寒がる彼女に

しかしこんなことは、女性を手術したことのある外科医以外はあまり知りません。

実際、わたしも若い頃はそんなこととはつゆ知らず、女性は寒さに弱いのだと思いこんでいました。

あれはわたしがまだ大学の教養課程だった頃ですが、友人、七、八人と北海道のニセコという山にスキーに行きました。

ところが途中で猛吹雪に襲われ、全員一斉に下山したのですが、同行の女性が転倒し、うずくまってしまったのです。

うしろからガードしていたわたしは彼女を助けて、さらに下山しようとしたのですが、吹雪が激しく、このまま強行しては危ないと判断して、たまたま見付けた崖の下に一旦ビバークしました。

そのときは、少し休めばすぐ晴れると思っていたのですが、吹雪は一向におさまる気配がなく、彼女と二人でしばらく雪穴にとどまることになりました。

ところが、不安も手伝って、彼女がしきりに「寒い、寒い」といいだしたので、わたしは「もうじき下山できるから」と励ましながら、彼女のヤッケのうえに自分のをかけてやり、一緒に足踏みなどしていました。

正直いって、わたしは彼女に好意を抱いていたので、雪穴にとどまっていること自体、さして苦痛ではなかったのですが、ヤッケを貸してあげたので寒くてたまりません。

それでも、そのまま二時間くらいいたでしょうか。そのうち吹雪が少しおさまったので下りることにして、彼女をガードしながら三十分後に無事、下山しました。

おかげで、なにごともなかったのですが、次の日から、わたしはビバーク中の寒さがたたって風邪をひき、寝込んでしまいました。

しかしわたしのヤッケを着ていた彼女は風邪もひかず、翌日から学校に出ていたようです。

それにしてもその頃、女性の皮下脂肪があんなに多いのだと知っていたら、ヤッケを貸しはしなかったと思うのですが、すでに手遅れでした。

お産の痛み

次に、痛みに対する反応ですが、これも圧倒的に男性のほうが敏感でひ弱です。

一般的には、女性は痛みに弱く、予防注射のようなちょっとした刺戟にも、「痛いっ……」と眉を顰めて大袈裟に反応するので、女性のほうが痛みに弱いと思われがちです。

これに対して、男性は我慢強く、「少し痛いけど、頑張ってください」というと、泣き言をいうのは男の恥とばかり懸命に堪えてくれますが、そのまま気を失って倒れることも少なくありません。

要するに男は精神力で耐えようとしますが、その分だけ弱く、これに対して、女性は生理的に、本当の底深い痛みには意外に強いのです。

とくに女性の場合は暗示や誘導が効果的で、「絶対大丈夫ですからね、安心してください」と言葉や雰囲気で安心させると、かなりの痛みにも耐えてくれます。

一般に、胆石や腎臓結石の痛み、そして痛風の痛み、さらに痔疾の痛みを三大疼痛といいますが、こうした痛みに対しては、女性のほうが圧倒的に強いことは以前から知られていたことです。

実際、胆石や腎臓結石の痛みは、体内の狭い通路を、それ以上の大きな石が通過することによって生ずる痛みです。

この痛みに堪えるためには、大の男も額に汗を垂らし、歯をくいしばって耐えますが、そうそう頑張れるものではありません。

でも出産の痛みは、これよりはるかに強く、さらに時間的にも長いのです。

しかし、女性の多くはこれに敢然と耐えるのです。

もちろん、女性とて痛くて苦しいことに変りありません。しかし懸命に耐えて子供を出産するからこそ、人類は滅亡せずこれまで続いてきたのです。

それどころか、それだけの痛みに耐えたあと、女性は再び、「もう一人、子供が欲しい」などといいだすのです。

あれほどの痛みを体験していながら、さらにいま一度、その痛みを甘んじて受けようとするとは、女性とはなんと痛みに強く、健気な性なのでしょう。

もしこの、お産の痛みを男性に肩替りしてもらうとしたら、男性のほとんどは尻込みし、逃げ出すでしょう。

それどころか、妊娠ということにすら耐えることができないと思われます。お腹に赤ちゃんを入れ、それが次第に大きくなり、二キロか三キロ近くまで成長する。その間、ほぼ十カ月、お腹に胎児を入れたまま生活をすることがいかに大変か、想像するだけで息苦しくなります。

でも女性は母親になるために、敢然とその大変さに挑むのです。

もしこれを男性に頼んだら。妊娠した男性の半分以上は五カ月くらいで、「とても我慢できないから、堕してくれ」と泣き言をいいだすに違いありません。

そしてたとえ男性の数パーセントが十カ月耐えたとしても、そのあとの最大の痛み、陣痛には耐えきれず、みな、「すぐ帝王切開をしてください」と哀願するでしょう。

こんな状態では、人類が永続することは不可能です。

自然の摂理

ここまで読んできて、気付かれた方も多いかと思いますが、女性は出血に強い、寒さに強い、痛みに強い。この三つの特性は、神様（創造主）が、女性たちだけに与えられた能力でもあるのです。

かつて妊娠や出産は、いまのように安全なものではありませんでした。近代医学が一般化するまで、妊娠や出産で命を落とす女性は相当数に達しました。

まさに出産は、産む母親にも産み落とされる子供にとっても命がけの難事でした。

それを乗りこえて、いかに子供を産み、人類を永続させていくか。

ここで、創造主が考えたことは、出産という難事を担う女性を強く、逞しくつくることでした。

はっきりいってこの場合、男性はもはや不要な存在です。たしかに男性なくして子供は生まれませんが、その役割はセックスをし、射精をした時点で終るのです。

そのあと十カ月におよぶ妊娠期間と出産は、すべて女性の躰にゆだねられるのです。

この生理の厳然たる事実を知れば、女の躰をある意味で強く、鈍感に創（つく）ったのは、創造主である神の英知であることがわかってきます。

長い妊娠のあいだ、風邪をひいたり、強い衝撃を受けないよう、さらには多少の飢えにも弱らないよう、体内に充分の脂肪層を貯えておく。

さらに長い陣痛と出産の苦痛に耐えられるよう、痛みに強い躰にしておくこと。

そして出産のとき、万一、異常な出産経過をたどり、延々と出血が続いても、容易に死にいたらないよう、多少の出血には負けないようにする。

これらはすべて、女性が出産という、人類にとってもっとも重要で、本人にとってもゆるがせにできない大事を全うできるよう、創造主が考えた、天の配慮でもあるのです。

このような女性の強さによって、人類は誕生し、この素敵な鈍さがあるかぎり、人類が容易に滅亡することはないのです。

其の十三　嫉妬や皮肉に感謝

友人や会社の同僚による嫉妬や中傷、嫌がらせなどはよくあることです。

しかし、いやなことをいわれてもぴりぴりせず、

どうして相手がそういうことをするのか、

暢んびりゆっくり考えて、相手の気持を察してやる。

この心の広い鈍さこそ、生きていくうえでの大きな力となっていくのです。

友人や会社の同僚による嫉妬(しっと)や中傷、嫌がらせなどはよくあることです。これを受ける度に辛(つら)くて、ときには不安や苛立(いらだ)ちのあまり、心や躰(からだ)に異常をきたすことも少なくありません。

これこそ、まさに人生の最大の苦痛、と思いこんでいる人もいるでしょう。しかしこんな状態のときにこそ、もっとも必要なのが鈍感力です。これさえあれば、どんな苦しいことも逆にプラスに転化して、前向きに生きていくことが可能になるのです。

男の嫉妬

まず初めに嫉妬。これを受けた人はみな気分が滅入(めい)り、暗澹(あんたん)たる気持に落ち込みます。まことに嫉妬ほど腹立たしく、許せないことはありません。

しかしこれも、男同士と女同士との場合では、いささか異なります。

まず一般に、嫉妬は女性のほうが強く、しつこいと思われています。実際、嫉妬という漢字には女偏が二つもついています。

でも女の嫉妬は、主に男女関係についてのものが多く、たしかにこの点では執拗で陰湿なものも少なくありません。

これに対して、男はどうでしょうか。

多くの場合、男はさっぱりとして、他人を妬むようなことはあまりないと思われていますが、実際はそんなことはありません。

たしかに男は、男女関係では女性ほど嫉妬深くないかもしれませんが、こと仕事や会社での地位の問題になると意外に嫉妬深く、その陰湿さは女性のそれに勝るとも劣りません。

たとえばA、B両君は同期入社で、初めの頃は仲が良かったのが、A君のほうだけ昇進するのに対して、B君は常に彼に一歩後れをとる。

こんなときB君はA君に嫉妬し、A君の一方的な悪い噂をまわりに振りまきます。

いわゆる嫉妬から生じた中傷です。

それでも、まだ若いときの嫉妬や中傷は、仲間内のことだけですまされますが、会社の幹部同士が争うようなときは、より計画的に用意周到におこなわれます。

たとえば、次期社長を狙(ねら)おうとして二人が争うような場合。相手をおとしめるような風説やマイナス情報を意図的に流し、しかも本人自身は素知らぬ顔で親し気に接する。

こうなると、たんなる中傷をこえて、悪意ある策謀としかいいようがありません。

たとえそこまで陰湿でないにしても、有能な人材がおとしめられることはよくあることです。

いや、人柄とか能力だけでなく、両親や資産に恵まれた人、さらにはイケメンでもてる男などに、中傷や嫉妬が浴びせられることは少なくありません。

おかげでこうした人たちが鬱陶(うっとう)しいめにあい、不快な日々を過ごしていることは同情に価(あたい)します。

でも、問題はこれからです。

そうした不当ないやがらせに抗して、いかに自分らしく堂々と生き抜くか。

ここで重要になってくるのが、容易なことでへこたれない鈍感力です。

妬まれる幸せ

自分が嫉妬や中傷されていると知ったとき、まず誰が、どのような理由から、そういうことをしているのか、このことが一番気がかりです。

この点について調べても無駄だと思っている人もいるようですが、少し本気に調べれば意外に簡単にわかるものです。

そこで問題は、このわかったあとの対応ですが、多くの人は、かっとなって相手を怨みます。さらには相手がいっている以上の悪口を触れ回り、互いにエスカレートして、自ら傷つくことも少なくありません。

も早まってはいけません。ここで大切なのは、まず相手を無視することでだいたい嫉妬や中傷をする場合、するほうは、されるほうより状況が悪い人のほうが多いのです。

たとえば会社で嫉妬されるのは、仕事ができて上に行き過ぎた人で、嫉妬するのは下に留まっている人です。他でも、妬まれるのは一般に幸せなほうで、妬むのはもてなくて屈折しているほうです。

こう考えたら、中傷も嫉妬もさほど気にならなくなります。

なぜなら、嫉妬されるのは、その人自身が優れているからで、相手はそれが羨ましくて嫉妬しているのです。

「ごめんね、俺ができすぎているので、君を苛々させて。君が妬む気持はよくわかるし、大変だと思うけど、ほどほどにしてね」

こういえるようになると、もう大丈夫です。

相手を怨むどころか、むしろ逆に嫉妬してくれた人に感謝しなければなりません。

改めて記しますが、嫉妬する人は、される人以上に辛くて哀しいのです。

こう考えると、嫉妬される人は嫉妬している人にお礼をいってもいいくらいかもしれません。

「ありがとう。いつも嫉妬してくれて。おかげで俺はますます頑張るから、今後ともよろしく嫉妬を続けてね」と。

この一言でわかるように、ものは考えようです。なにごとも柔軟に、前向きに考えるべきです。そしてこの原動力になるのが鈍感力です。

多少、嫌なことをいわれてもぴりぴりせず、どうして相手がそういうことをするのか、暢(の)んびりゆっくり考えて相手の気持を察してやる。この広い心の鈍さこそ、生きていくうえでの大きな力となっていくのです。

皮肉が通じぬ

妬みへの鈍さとともに、いまひとつ必要なのが、皮肉への鈍感さです。たとえ相手が多少の皮肉をこめていっていると思っても、平然と受け流す強さ。

これを具体的な例で示しますが、わたしの家の近くに素敵なおばさまがいらっしゃいます。

年齢(とし)の頃は、八十歳を少しこえられたくらいかと思いますが、いつもお元気で、よく外出されるようです。

去年の春、わたしが出かけようとしたとき、たまたま斜め前の家から出てき

たこのおばさまと、偶然、顔を合わせました。

瞬間、おばさまがにっこりと会釈されたので、わたしも頭を下げました。

するとおばさまが突然、胸を張るようにして、「これ、どうですか?」ときくではありませんか。

このとき、おばさまは全身ピンクの地に花柄が散ったドレスを着て、肩口に淡いパシュミナのショールをかけていたのです。

「どうですか」ときかれても、なんと答えていいものか。

たしかにおばさまは背筋もしっかりして、顔から胸元も白くふっくらとして、年齢よりははるかに若く見えます。

でも、どこから見ても、着ているドレスは派手すぎて、似合っているとはいいかねるのです。そこで、わたしは思いきっていいました。

「とても素敵で、お似合いですよ」

するとおばさまはにっこり笑われて、「ありがとう。嬉しいわ」と礼をいうと、歩きはじめたのです。

わたしはその派手なうしろ姿を見ながら、春の陽のなかで、そこだけ光が輝いているように思えました。

ところが、それから一カ月経ったとき、再びそのおばさまと会いました。

今度は、おばさまは前回に負けぬくらいのオレンジ色の派手なドレスを着て、胸には大きなネックレスが下がっているではありませんか。

むろん互いに挨拶を交しましたが、今度も「どうですか?」ときくのです。

むろんわたしは、「とってもお似合いですよ」と答えましたが、おばさまはまたにっこり笑って「ありがとう」と仰言るのです。

なにかわたしに会うと、褒められるのは当然と安心しきっている気配で、少し憎いのですが、でもその表情が愛らしくて思わず褒めてしまうのです。

それは近所の人たちも同じらしく、みなきかれる度に、「お似合いですよ」と褒めていたというより、褒めざるを得なかったようです。

それにもおばさまはやはりにっこりと微笑まれて、満足そうだったとか。

ここまで書けばおわかりのように、このおばさまには皮肉が通じないのです。

「とても素敵で、お似合いですよ」といえば、ひとつの疑いもなく、そのまま正直に受け入れる。自分でも、たしかに素敵で似合うと思いこみ、次の日もまた堂々と、派手で賑やかな服を着る。

まさに年甲斐もない恐るべき大胆さですが、不思議なことに、次第にその派手派手の服が似合ってきたのです。

「服はまず着て慣れよ」といいますが、このおばさまは似合うか似合わないかより、まず着てみたのです。

多くの人は、この着るという段階でビビッてあきらめます。

でも、このおばさまはビビらず堂々と着たのです。

しかも、明らかに似合わなかったのに、みなの「お似合いですよ」という皮肉というか、お世辞をそのまま受けとり、さらに着続けた。

要するに、このおばさまには皮肉が通じなかった。いや、もしかして通じていたのかもしれませんが、言葉どおりに受けとめて着ているうちに本当に似合うようになってしまった。

そして現実には、このおばさまのように、皮肉など気にせず、堂々と自己の信条を通す人には敵わず、みな一歩ゆずり、気がつくと百歩ゆずってしまうのです。

この強いおばさまの原動力となったのが、皮肉など通じぬ、あるいは皮肉など無視する鈍い力、鈍感力そのものです。

「ここで俺は断固いく」

そう決めたときは、まわりの目や些細（ささい）な噂などを気にせず敢然といく。たとえ皮肉がきこえても、「われ関せず」とばかり、堂々と突きすすむ。この鈍感力こそ、大きな斬新（ざんしん）なことを成しとげる原点でもあるのです。

其の十四　恋愛力とは？

相手が好きで、恋愛関係を続けたいと願うのなら、許す度量も必要です。
なにごとも潔癖に厳しく問い詰めていったら、
ともに息苦しくなり、二人の間は早々に崩壊してしまう。
二人がいつまでも仲良く、愛し合っていくためには、
ある程度相手を許して鈍くなる。
この鈍感力こそ、恋愛を長続きさせる恋愛力となるのです。

愛し合っている二人にとって、もっとも必要なのは鈍感力である、といったら、多くの人は驚くかもしれません。

いや、それどころか、鈍感では男と女のあいだは駄目になる、と思っている人も多いでしょう。

しかし、それは恋愛初期の、あるいっときのことにすぎません。

そのあと長く、二人の関係を良好に保つためには、敏感なだけでなく、いい意味で相手を許していける鈍感さも必要になってきます。

軽い裏切り

恋愛の初期、あまりよく知らないもの同士が徐々に近づくとき、男も女も全神経を相手に集中して相手のことばかり考えます。

このとき、男と女はともに相手の一挙手一投足に目を配り、敏感です。

それは動物の世界でも同様で、雄は相手の様子を探りながら、姿や呻(うめ)き声や行動で、雌の気を惹こうとしてけんめいです。

この時期、鈍感ではたしかに恋愛は成り立ちません。

しかし問題はそこから先です。一組のカップルが運良く恋人状態となり、いよいよ結婚にすすもうか、それとも、もう少し恋愛状態を楽しもうか……。

このあたりから、敏感力と同時に鈍感力も必要となってきます。

まず敏感な感性。それはいうまでもなく、相手がいまなにを考え、なにを求めているか、それを素早く察知し、それに対応できる鋭さです。

恋する男も女も、それを自分に対する優しさ、思いやりとみて、二人の関係は一段と濃密になります。

しかし二人の関係は、常に相手を立てて順調にすすむとは限りません。長いあいだには、ときに小さなことで傷ついたり、不機嫌になることも少なくありません。

さらに恋愛の経緯でいえば一年くらい経ってから、徐々に二人のあいだに小さな行き違いが生じてきます。

むろん、それで恋愛関係を解消するところまではゆきませんが、でも少し面白くない。

たとえば、彼女が今度の週末に映画に行きたいと訴えたのに、彼は用事があって行けないという。それで彼女があきらめたら、彼は男の友達とゴルフに行っていた。

それを知って、「わたしと友達と、どっちが大事なの？」といいたくなる。

これとちょうど逆で、彼が彼女を誘ったのに、都合が悪いと断られたが、あとでよくきくと彼女は友達と会っていた。当然、彼も同じように不満をいいたくなる。

こんなとき、鋭く反応してまともに怒っては大変です。

それをきっかけに、いままで積もった不満が一気に爆発して、大喧嘩（おおげんか）にならないとも限りません。

それより、まずこらえて、おおめに見ることです。

「わたしもいい加減なところがあるから、まあいいか」と考えて相手を許す。

ここで必要になるのが鈍感力です。

洋食党に変る

せっかくできた恋人関係。この関係を続けるうちに、彼と彼女はともに変っていきます。

たとえばわたしが知っているKという四十五歳の男性。彼はもともと日本海の海辺の町に育ったせいか、完全な和食党でした。

主食はもちろんご飯で、他にそばやうどんを食べるくらいで、パンを食べることはほとんどありません。

おかずも野菜と魚が大好きで、その魚も白身の淡白なものが好みです。むろん刺身や焼き魚はお気に入りで、いつも「いい和食屋さんがない」と嘆いていました。

アルコールは結構強いのですが、どこに行ってもビールか清酒で、ワインはもちろんウイスキーや焼酎(しょうちゅう)を飲むこともほとんどありません。

肉はまったく食べないというわけではありませんが、せいぜい焼き鳥屋で鶏肉を食べるくらいで、牛や豚はかなり苦手のようでした。

それだけに、たまにみなに連れられてイタリアンやフランス料理の店に行くと、よくこんなものを食べる、といわんばかりにほとんど手をつけず、サラダを食べたり、スープを飲んでいるのです。

むろん自らも和食党であることを宣言して、「和食が最高」といい続ける、頑固な和食党でした。

ところがこの男が、いつの頃からか洋食党に変ってきたのです。

初めは、きっと嫌々なのだろう、と思いながら一緒にイタリアンレストランに入ったのですが、あまり不満そうな顔をしないで食べるのです。

それでも、みなに合わせているのだろうと思って見ていると、スプーンとフォークを持って結構美味しそうに食べるのです。

いったいどうしたのか、「大丈夫？」ときくと、「ええ、まあ……」などといって、ぺろりと平らげてしまいました。

これには同行の仲間も驚き、呆気にとられていました。

しかもこの頃から、いままではほとんど口にすることがなかったワインまで飲むようになったのです。

それどころか、こちらがワインのことを話していると結構仲間に入ってくるのです。

いったいKさんになにがおきたのか。

そこで、「なにか、食べる好みが変ったね、どうして?」ときくと、彼は照れながら話しはじめました。

「実は、ある女性と恋愛中で、その女性が洋食党なんです」

瞬間、わたしは大きくうなずきました。

なるほど、彼が和食一辺倒から洋食も食べられるようになったのは、彼女の影響である。彼女が洋食が好きなのを知って、無理に合わせているうちに洋食も食べられるようになった。

まさに恋愛は人間を変える。

もしKさんがその彼女と際き合わなかったら、洋食もワインもほとんど口にすることはなかった。それがいまは嬉々として肉を食べ、ワインを飲んでいる。

これを革命といわなくて、なんといおうか。

まさしく恋愛は革命です。

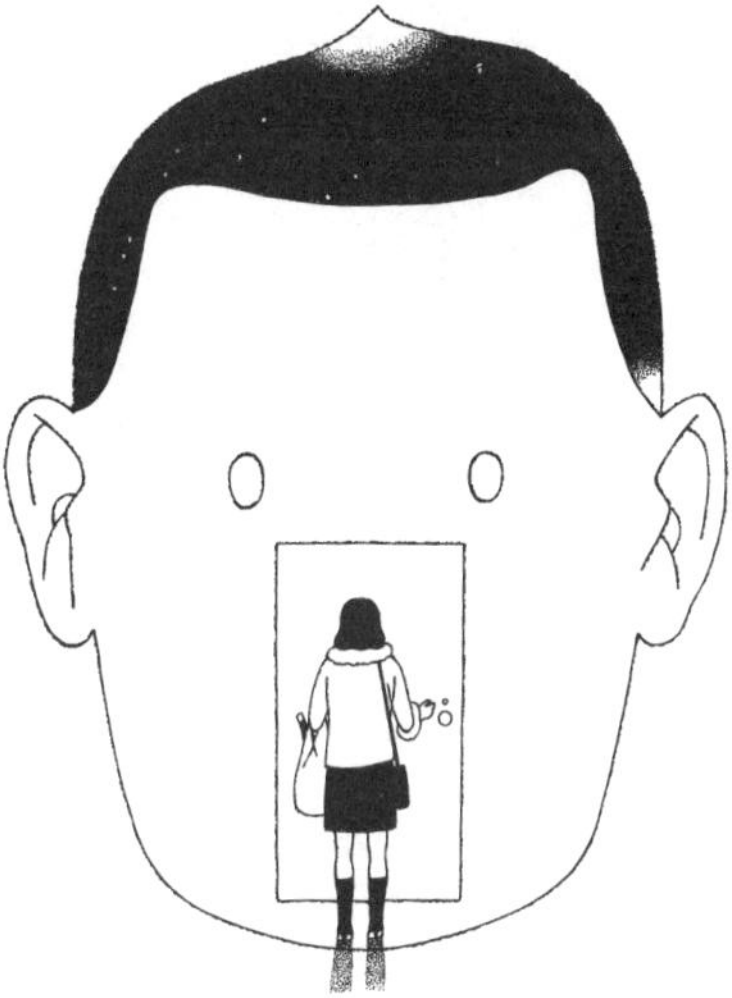

でもこのとき、素晴らしかったことは、Kさんには革命をおこす力があったことです。

これが一切の変化を拒む、頑固一徹の堅い男なら、ここまで変ることはできなかったでしょう。

でもKさんは四十代半ばで見事な変貌をとげたのです。

この変りうる力、これこそ鈍感力です。

もしすべてに敏感で、きっちりしすぎている人なら、こうはいかなかった。味覚のなかに、まだハンドルの遊びのような融通性があった。このゆるみこそ、まさしく鈍感力で、これがあったからこそ変ることができて、彼女とうまく恋愛関係を続けることができたのです。

許せる愛

いま一つ、恋愛中の二人のケースを紹介します。

ここに登場するTという男性は四十歳で、女性のS子さんは三十二歳です。

男性には妻子があり、女性は独身で、仕事の関係から知り合い、親しくなったようで、いわゆる不倫といわれる仲です。

いうまでもなく、S子さんはTを好きで、逢うことになんの疑問も抱いていないのですが、ときどき彼が結婚していることに、苛立ちや不快な思いにとらわれることがあるようです。

むろんS子さんは、Tと際き合うときから、そのことは充分承知していたのですが、それでも嫉妬に苛まれる。

たとえば夜遅く二人で愛をたしかめ合ったあと、彼が部屋を出て自宅に帰っていく。そのうしろ姿を見ているだけで、いたたまれなくなる。

これから、この人は家に戻り、なにもなかったような顔をして妻と話すのか、あるいは、「疲れた」といって横になり、そこに妻が寄り添ってくるのだろうか。考え出すと頭がおかしくなって狂いそうになる。

また休みの日、彼女が逢いたいというと、「今日は子供と一緒にいてやらなければならなくて……」などといわれると、完全に無視されたような気がしてくる。

さらに、子供をはさんで楽しそうに歩いている彼と彼の妻の姿が浮かんできて、腹立たしくなってくる。

そして最後に、もうこの人とは別れようと思う。

でももう何度かそう思いながら、気がつくと、また彼とのデートに胸をときめかせている。

「本当に、わたしって駄目なんです」

そういっていた彼女が、あるとき、なに気なく洩らしたのです。

「愛をつらぬくためには、鈍感にならなければ駄目ですね」

「鈍感?」

わたしはきき返して、ゆっくりとうなずきました。

たしかに、愛し合っているとき、相手に対してあまりに敏感すぎては長続きしないかもしれません。

とくに彼女のような場合、彼の行動の一つ一つを敏感に考え、その都度、怒ったり泣いたりしていては、二人の関係はたちまち崩れてしまいます。

むろんこのような関係が好ましいわけではありませんが、いったん愛し合い、それを続けたいと思うなら、ある程度、おおらかに鈍くならなければ難しい。

彼女はまた沁み沁みした口調でつぶやきました。

「愛って、許すことですね」

この言葉も深い意味をもっています。

相手が好きで、恋愛関係を続けたいと願うのなら、どこかで相手を許す度量も必要になる。なにごとも潔癖に厳しく問い詰めていったら、ともに息苦しくなり、二人のあいだは早々に崩壊してしまう。

はっきりいって、男と女は同じ生きものではないのです。感情はともかく、躰や生理の面では、まったく違った生きものです。

この二人がいつまでも仲良く、愛し合っていくためには、ある程度相手を許して、鈍くなる。

この鈍感力こそ、恋愛を長続きさせる恋愛力でもあるのです。

其の十五　会社で生き抜くために

さまざまな人の、さまざまな癖や態度が気になる人もいれば、
あまり気にならず、そんなことはどうでもいい、と思う人もいます。
このあたりは、人それぞれの感性ですが、一つだけはっきりしていることは、
さまざまな不快感をのみ込み、無視して、明るくおおらかに生きる、
そんな鈍感力を身につけた人が、集団のなかで勝ち残るということです。

サラリーマンが毎日通い、仕事をする場所といえば会社。ここでも鈍感力は欠かせません。

そんな仕事をする場で、どうして鈍さが重要なのか。

首を傾げる人は多いかもしれませんが、毎日出かけて長い時間を過ごす職場だからこそ、さらなる鈍感力が必要となるのです。

甘えた声と強い香水

私の知っているKという男性編集者が、会う度に嘆いていました。

同じセクションの彼のすぐ隣に、中年の女性編集者が机を並べている。

彼女は小太りで、年齢に似合わぬ派手派手の格好をして、なにごとにも口をはさんでくると。

その女性には、わたしも会ったことがあるのですが、仕事の上で直接関わったことがないのでよくわかりませんが、表面を見るかぎり、動作がややオーバーで口達者な感じの人だな、という印象をもっていました。

もともとK君はこの女性と肌が合わず嫌っていたようですが、その彼女と隣り合わせになって一番困ったのが、彼女の電話の声だというのです。

もちろん近くにいるのですべて聞こえるのですが、彼女は女性独特の甲高い声で延々と話し込む。

「まったく、顔に似合わぬ甘えた声をだしやがって……」

K君は思い出すだけで気分が悪くなるらしく、舌打ちするのです。

それにしても、こんなに彼女の声が気になっては、仕事も落ち着いてできないのではないか。事実、彼は、なんとか彼女の声が聞こえないように耳栓をしてみたが、それでも聞こえてきて居たたまれないとのこと。

さらに彼女は化粧が濃く、その香水の匂い(におい)が鼻についてたまらないとか。

一日中、横にいると、この匂いが躰(からだ)に染みたような気がして、家に戻るとバスルームで何度もシャワーを浴び、服も毎日替えたくなるとか。

これではおちおち仕事も出来ません。それどころか、彼女のことで日々いらいらして、精神を病むことにもなりかねません。

「席を替ってもらったら」と、いってみたのですが、さすがに「あんたの甘ったるい声と強い香水の匂いが嫌だから、他の席に移ってくれ」とはいいかねると。

たしかに、仕事上の理由でもないのに席替えを要求するのは我儘すぎるのかもしれません。

しかしこのままでは、いらいらが高じて体調を崩しかねません。

そこで彼は思いきって上司に、自分の席を移してもらうよう、頼んでみたようです。

理由をきいて上司が苦笑したところを見ると、上司も彼女の声にはいささか辟易していたのかもしれません。ともかく許可を得て彼女の隣からは離れたけど、三席ずれただけ。

そこでも彼女の声は聞こえるが前よりは遠くなり、香水の匂いも漂ってこなくなって、大分、楽になったとか。

ちなみに、彼女の横の空いた席はその後も空いたままになっているようです。

以上の話をきいた多くの人は、K君に同情するに違いありません。さらには、「いるいる、そういう女」と、うなずく男たちも多いかもしれません。いや、女性でも、この種のタイプは敬遠したくなるでしょう。

しかし問題はここから先、彼女の側が嫌だからといって、K君の上司のようにすぐききいれて、席の移動を認めてくれるとはかぎりません。

ときには、「いますぐは無理だから、しばらくは我慢しろ」とか、さらには、「我儘をいうな」と、逆に叱られるかもしれません。またそれを伝えきいた彼女からたっぷり嫌味をいわれ、以後、口もきかない状態にならないともかぎりません。

こうなったら大変。K君のような神経質な男はたちまちノイローゼになり、ついには心療内科に通うことになりかねません。

それどころか左遷され、やがて退職に追い込まれるかもしれません。

そんなことにならぬよう、居辛い職場でもおおらかにかまえて明るく仕事をするにはどうするのか。ここで必要になってくるのが鈍感力です。

彼女の甘ったるい声や強い香水の匂いの善し悪しは別として、この程度のも

のはさほど気にならない、したたかな鈍感力があれば、あまり気にせずのりこえていけるでしょう。

こう考えると、この種の鈍感力をもっている人物は会社にとって貴重な人材であり、その逞しい精神力により、のちに会社の重要なポストに就く可能性も少なくありません。

さまざまな癖

この嫌われ者の女性にかぎらず、多くの人の集団である会社には、必ずまわりの者をいらいらさせ、悩ます人間がいるものです。

次に示すのは、わたしが数人からきいた嫌な癖の例ですが、それぞれに成程と納得できるものばかりです。

まず女性側からの指摘があったものですが。

いつも汗くさい。絶えず貧乏ゆすりをする。書類をめくるとき指先に唾をつける。弁当を食べるとき、くちゃくちゃ音をたてる。若い女性にべたべたたし、セクハラまがいの行為をする。などなど。

さらに、前に記した女性の、甘ったるい声や強すぎる香水などを嫌う人も多いようです。

また男性社員からは上司への不満が多く、飲みに誘われて断ると不機嫌になる。それが怖くて従いていくと、何度もきいたことのある自慢話をくり返す。さらに突然、説教調になる。バーなどに行くとやたら威張ってみせる。などなど。

逆に上司から見ると、仕事が遅くてできない奴。少し注意しただけで落ち込み、さらに注意をすると不機嫌になる。などなど。

これらをきくと、いちいちもっともで、改めて人間の集団の複雑さ、難しさがよくわかってきます。

このうちとくに問題になりそうなのが、汗くさい、貧乏ゆすり、くちゃくちゃ食べる、指先に唾をつける、などです。

これ以外の、上司のセクハラや自慢話、説教癖なぞは、本人が気をつければある程度、なおせるものです。

でも、その本人が気をつけないのだから困る、といわれたらそのとおりですが、それでも改まる可能性はありそうです。

さらに仕事が遅い、注意すると不機嫌になる、というのも、本人の気のもちようと努力で、かなり改めることは可能です。

同様に、香水が強い、甘い声を出す、というのも、上司がきちっと注意をすれば、気をつけるでしょう。

これらに比べると、汗くさい、貧乏ゆすりなどは、本人そのものの本質に近いものだけに、いささか難しいかもしれません。

とくに汗くさいのは、腋臭（わきが）のような体質に由来するものも少なくありません。むろん、はっきり注意をすれば匂い消しなどで和らげることもできそうですが、今度はその匂い消しの匂いがまた気になるかもしれません。

こうなると、嗅覚（きゅうかく）の鋭い、鋭敏すぎるほうが悪いといわれかねません。

さらに貧乏ゆすりも、一種の癖というか身体的な特徴に近く、本人はまったく悪気なくしている場合が多いようです。

しかし、それを見て不快に感じる人にとっては、許しがたい行為にうつるでしょう。

これをどうして止めさせるか。多分、その都度、注意するだけでは無理かもしれず、場合によっては「貧乏ゆすりをするな」という大きな貼り紙をその男の前にぶらさげておくか、さらには膝が少しでも動き出したら、ばちんと叩くでもしないかぎり、なおらないかもしれません。

さらに、くちゃくちゃ音をたてて食べる、といわれても、本人はその音に気がついていないのですから、始末が悪そうです。

「また、音がしてますよ」と注意をしても、それが本人の食べ方なのですから、音をたてるなということは、「食べるな」ということにひとしいともいえます。

他人が、そこまで介入する権利はありませんから、結局、不快な思いを抱きながら耐えるしかなさそうです。

また「書類をめくるとき、唾をつけるな」といっても、高齢になると手や指先の脂腺が乾いて脂っ気がなくなってきます。それをカバーするために唾をつけているとしたら、そこまで文句をいうのは行き過ぎということになりかねません。

さらに、仕事のできない社員にいらつくのも、それが社員が怠けた結果ならともかく、もともと適性や能力がない場合は、別の問題になってきます。

それは本人より、そのような社員を採用した会社側の、役員なり人事担当者の責任で、本人だけを責めるのは酷、ということになりかねません。

このように、同じ不快に感じるケースでも、当人が改めようとして改められるものと、当人が改めようと思っても、容易に改められないものとがあります。

しかし、当人以外の人にとって不快であることに変わりはありません。

こうしてみると、人間の好き嫌いや、我慢できるできないの範囲はばらばらで、千差万別なことがよくわかってきます。

そして、これら好き嫌いの感情がひしめき合い、うごめき合っているのが職場です。

そこでは、みなが嫌いなものは徐々に、ゆっくりと遠ざけられていきますが、なかにはそれが平然とまかり通っているところもないわけではありません。またみなが不快に思っても、改められないものも少なくありません。

では、こういう集団のなかでどういう人が快適に仕事をし、明るく生き残っていけるのか。

ここで、絶対に必要になってくるのが鈍感力です。

さまざまな人の、さまざまな癖や態度が気になる人もいれば、あまり気にならず、そんなことはどうでもいい、と思う人もいます。

このあたりは、人それぞれの感性ですが、はっきりしていることはただ一つ、さまざまな不快さを無視して、明るくおおらかに生きていけるかどうか。

こうした鈍感力を身につけた人だけが、集団のなかで逞しく勝ち残っていけるのです。

其の十六　環境適応能力

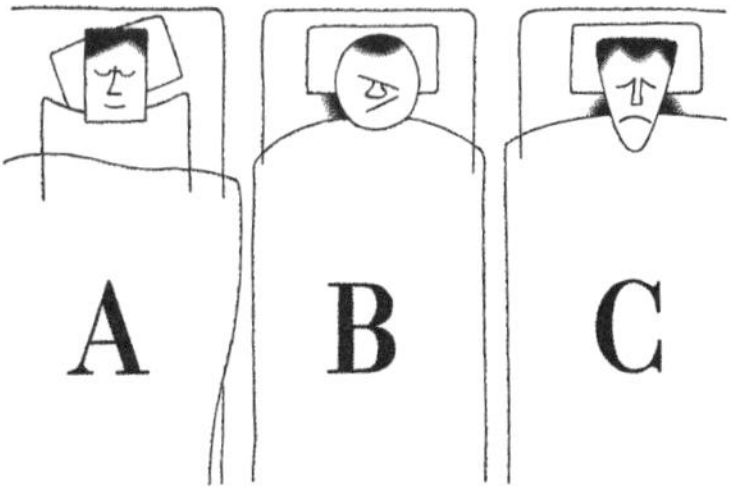

いまのような国際化時代、
どこの国に行って、どのような自然の下でも、
さらに現地のどんな食物を食べても元気で生きていける。
こうした環境適応能力ほど、素敵で逞しいものはありません。
そしてこの適応能力の原点になるのが鈍感力です。

すべての人体が自ずと持っている適応能力。これによって、われわれの躰は日々健康に保たれているのですが、ここでも鈍感力は大きな力を発揮します。そんなことに、なぜ鈍感力が問題になるのか、と不思議に思う人もいるかもしれませんが、健康な躰はまさに鈍感力であふれているのです。

傷が治るまで

たとえばいま、三人の男の子が駆けっこして転び、膝に同じような傷を負ったとします。

当然のことながら、この程度の傷は放っておいても治るのですが、その経過は人によってさまざまです。

まずA君は傷がなかなか治らず、それどころかその傷が少し化膿して、痛くて歩けない。そこで病院に行って局所に薬を塗ってもらい、さらに抗生物質を注射してもらって、一週間近くかかってようやく治りました。

これに対して、B君の場合は痛みはじきおさまったので、自分で傷口に適当に軟膏を塗り、少し大人しくしているうちに、五日くらいでどうやら治ったようです。

そしてC君は、傷ついたときは少し痛かったけど、放置しているうちに傷口にかさぶたができ、四、五日でなにごともなかったように治ってしまいました。

一般に傷口が治る過程は、まずその表面に薄い膜ができ、その下に肉芽組織が徐々に盛り上がってきます。それとともに皮膚が両側から寄り合い、やがて密着して、傷口を閉じてしまいます。

この治っていく過程のなかで、黴菌が侵入したり、傷口を引っ掻いたりすると、治るのが長引き、さらに悪化することもあります。しかし軽い傷程度なら、まず消毒液で上面を軽く拭き、その上を適当に軟膏をつけたガーゼで覆っておけば、自然に治るものです。

いわゆる自然治癒力ですが、最近はわずかな傷でもすぐ病院に駆けつけるお母さんも多いようです。

でも、人の躰は常に治るように、少し大袈裟にいうと、生きる方向に合目的に働くようにできているのです。

問題はその治る力が、強い人と弱い人がいることです。

むろん健康で肉芽組織の再生力の強い人は、傷口は容易にふさがり、治るまでの期間も短くてすみます。しかしなかには、肉芽組織や皮膚の再生力が弱く、なかなか傷口が治らない人もいます。

また傷口が治るまでのあいだに、さまざまな黴菌が侵入することもあります。このような黴菌に対して、A君のように抵抗力の弱い人は簡単に侵入を許し、まわりが化膿しはじめます。しかしB君の傷口は、敵が侵入してきてもそこにいる白血球などの防衛軍が強く、少し時間はかかっても最後は勝利をおさめます。

一方、C君はもともと皮膚が強いうえに、防衛軍も強固で、容易に黴菌の侵入を許しません。このように同じ傷でも、個々の抵抗力の強さで、治るまでの期間は大きく違ってきます。

そしてこの侵入軍にいかに強く戦い、勝利をおさめるか。この自然治癒力の強弱は、見方を変えると皮膚の鈍感力そのものでもあるのです。

この点において、A君よりはB君が、さらにC君のほうが鈍感力が勝っていて、それ故に、傷の治りも早かったということになるのです。

同じ部屋にいても

次のケースは、三人の大学生が旅行に出かけて、一夜同じ部屋に並んで寝たときのことです。

この三人もA、B、C、とすると、三人とも夜中に少し肌寒さを覚えて、みな布団を肩口までかきあげて眠りました。

ところが、翌朝A君はなにごともなかったのに、B君は鼻をぐすぐすさせ、C君は軽い熱があって喉(のど)も痛く、風邪をひいたようです。

三人とも、ほぼ同時刻に同じ部屋に休んだのに、一夜でどうしてこのような違いがあらわれたのでしょうか。

察するところ、B君の喉や鼻の粘膜は温度の変化に敏感で、部屋の空気が少し下がっただけで異常を感じ、たちまち軽い炎症がおきてしまったようです。でも変化はそこまでで、それ以上強まることはなく、おかげで翌日も鼻が少しぐすぐすして、軽く声がかすれた程度ですんだと考えられます。

しかしC君は、喉や鼻の粘膜が深夜の気温の変化にスムースに対応することができず、一夜明けると喉から鼻の粘膜まで炎症が生じ、熱まで出てしまったようです。

一方、A君はみなと同じ空気を吸っていたにもかかわらず、鼻や喉の粘膜には何の変化もなく、まったく正常でした。

この三者三様の反応の違いは一言でいうと躰の抵抗力の違い、ということになりますが、その背景にあるのはまさしく鈍感力です。

そしてこの点からいうと、C君の咽喉頭粘膜は鋭敏で、わずかな空気の変化にも鋭く反応するのに対して、B君のそれはやや鈍感で、さらにA君の粘膜はかなり鈍感であったと思われます。

ここまで見てくると、敏感なほうがいいか鈍感なほうがいいかは明らかで、鈍感であることが健康の原点であることがわかってきます。

ではいかにして、躰の鈍感力を養うか。

ここから先は基礎的な体力にくわえて、鼻や喉などの粘膜の特性、さらに個々の体質の問題などもあり、すべて簡単に改善できるわけではありません。

それにしても、同じ空気を吸っていたにもかかわらずこれだけ違うとは、改めてさまざまな人間がいて、さまざまな体質があり、さまざまな鈍感力があることがわかってきます。

ホメオスターシス（恒常性）

一般に大気や部屋の温度が変るにつれて、われわれの躰は自然にさまざまな対応をします。

たとえば気温が下がって寒いと思うときはコートを着たり、寝ながらでも思わず布団を引き寄せ、躰を小さくまるめて、手足が冷えるのを防ぎます。

それと同時にわたしたちの躰も、皮膚の表面の血管が収縮して細くなり、体内からの熱の放散を防ぎます。

逆に暑いときには皮膚の血管が拡張して、熱を放散するように働きます。

同様に、喉や鼻の粘膜の血管も外気の変化に応じて、開いたり縮んだりするのです。

このように、外界の変化に対して体温を常に一定に保とうとするような働きを、ホメオスターシス（恒常性）といいます。

人間の躰には生まれつき、この能力がそなわっていて、躰をとり巻くさまざまな環境の変化に応じているのです。

しかしときに、この対応力が衰えることがあります。

たとえばなにかの病気で躰が弱っている人や、高齢者など。

こういう人たちは、外界の変化に対応できず、急速に衰弱し、ときには死にいたることも少なくありません。

よく春や秋など、季節の変り目に亡くなる人が多いのは、このように衰弱している躰が、季節の変化に対応できなくなるからです。

このように、躰は常に外界の変化に対応できるよう、守りを堅めているのですが、その守りが確かな人と脆い人とがいます。

さきの、同じ部屋にいて風邪をひいてしまったC君は脆いほうの代表で、A君は強いほうの代表、そしてB君はその中間、ということになります。

そしてこの守りの堅い人、いいかえると外界の変化に見舞われても微動だにしない強さ。これこそ鈍感力で、A君はこの鈍感力がもっとも優れていた、ということになるのです。

環境に馴染む

さまざまな外界の変化に対応し、やがてその状態に馴染み、協調していく。こうした能力は一般的に「環境適応能力」といわれています。これは外界の気温や気圧の変化への対応はもちろん、人間関係や社会状況にも容易に合わせていける能力でもあるのです。

たとえば、自分の生まれ育った土地だけでなく、別の町や都会に行ってもすぐとけ込み、生活していける能力。

そしてさらには外国へ行き、自然環境や人種や文化などが違う世界でも、明るく元気に生きていける。この能力はまさしく環境適応能力そのものです。いまのような国際化時代、どこの国に行ってどのような自然の下でも、さらに現地のどんな食物を食べても元気で生きていける。こうした環境適応能力ほど素敵で逞しいものはありません。

そしてこの適応能力の原点になるのが、鈍感力です。いい意味で鈍感であるからこそ、どのような環境、どのような人々とも合わせて生きていけるのです。

これから全世界に羽搏（はばた）き、新しい時代を切り拓（ひら）いていこうと思う人は、まず自らの鈍感力をたしかめ、あると思う人はそれを大切に、ないと思う人はそれを養うよう、さまざまな環境にとび込み、強くするよう鍛（きた）えるべきです。

そしてそのためには、なにごとにも神経質にならず、いい意味で、すべてに鈍感で、なにごとにも好奇心を抱いて向かっていくことです。

其の十七

母性愛
この偉大なる鈍感力

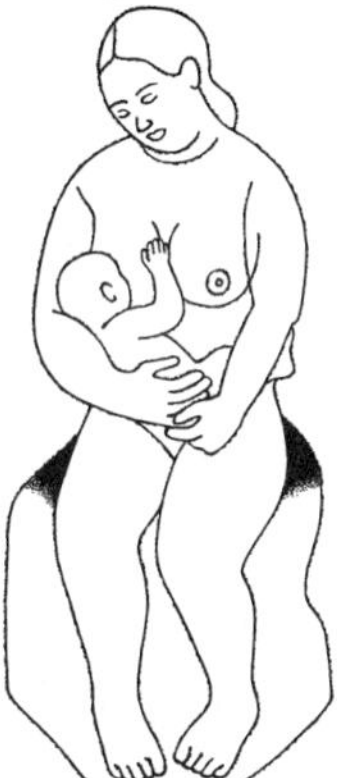

母親の愛は、鈍感力の最たるものです。
自分のお腹（なか）を痛めて産んだ子供がやることは、
すべて愛（いと）しくて、許せる。
この許せる気持そのものが、
まさしく鈍感力を生みだす原点になるのです。

このテーマもいよいよ本章が最後になりました。

鈍感力の最終章は当然のことながら、母親の愛です。

なぜ母親の愛が鈍感力の最たるものなのか。不思議に思う方も多いかもしれませんが、そのことは、これからの文章を読めばわかっていただけると思います。

乳を与える姿

当然のことですが、子供が生まれると同時に、母親は子供の側につきっきりで、さまざまな世話をします。

そのなかには、素敵なことも大変なことも、鬱陶しいことも、うんざりすることも数かぎりなくあるでしょう。

たとえばその一つ、赤ちゃんに母乳を与える行為は、母親としてまずやらねばならない第一歩です。このとき母親は胸をはだけて乳房を出し、乳首を子供に含ませます。

この授乳している情景は母親の豊かさと優しさを表す象徴的な姿として、西洋の絵画などにもよく描かれています。それは母親にとっても、もっとも満ち足りた瞬間に違いありません。

しかし見方を変えれば、女性としてはいささか放恣な、だらしない姿といえなくもありません。少なくとも男からみたら、少し気恥ずかしい、できることなら目をそむけたい姿でもあるのです。

でも、母親はそんなことを気にしていられません。授乳は子供への命綱であり、それなくして子供が育つことはできません。

それだけに、どんな美しい母親も敢然と胸を広げてお乳を与えますが、このとき母親はその行為に喜びを感じこそすれ、恥ずかしさや照れくささを感じることはほとんどないでしょう。

そんなことより、まず子供になんとか乳首を含ませ、自分の乳房を搾ってでも、乳を呑ませることしか考えません。

この、子供に懸命に乳を呑ませようとする、この行為はまさしく鈍感力そのものです。いいかえると、鈍感力なしにこんなことはできません。当然、母親たちは、「お乳を呑ませるのに、恥ずかしいなどといっていられないでしょう」と反論するに違いありません。事実、そのとおり、その気持に嘘も偽りもないでしょう。

しかし、男からみると、それ自体、鈍感な姿に見えなくもありません。いや、いいかたを変えると、鈍感だからできることだと驚き、感嘆するだけです。

なぜなら、人前で乳房を見せる女性なぞ、まず見かけることはありません。かなり軽薄な女性でも、海辺でさえ水着のブラジャーは着けています。それが授乳のためなら、多少、人目があっても平気で胸をさらす。これを鈍感力といわなくて、なんといえばいいのでしょう。やはり母親になったという自信と自覚が鈍感力を身につけさせ、それを平気にさせたと考えるよりありません。

要するに、どんな女性も母親になると鈍感になる。いや、鈍感力を身につけなければ子供を育てることはできない、というべきでしょう。

夜泣きも平気

乳幼児期、母親はさらにいろいろな面で子供と深く関わります。幼い子供を育てている母親を見ていると、まさに子供と一心同体、子供になりきっている、といってもいいでしょう。

これほど密着するためには、当然のことながら、さまざまなことを子供と共有しなければなりません。

たとえばおむつを替えること、これは日々何回とくり返されますが、このとき母親は子供のうんちとおしっこに触れ、匂いを嗅ぎ、色や形までたしかめます。

こういう行為は、母親だけができることで、自分の子供以外には容易にできることではありません。

子供好きの女性でも、他人の子供のうんちの匂いを嗅ぐことまではしないでしょう。まして子供を産んだことのない男性には、とてもできることではありません。それどころかよくできると、呆れている男も少なくありません。

しかしこの愛情あふれる行為も、見方を変えたら鈍感力そのもの、といってもいいでしょう。

自分の子供のうんちや、おしっこは汚いとも不潔とも思わない。それどころか、そういうものを排泄する我が子も、排泄物そのものも可愛くてたまらない。

こう思い込める力はまさしく鈍感力です。そしてこの鈍感力は子供を産み、愛おしいと思うことによって、自ずと身につけることができるのです。

同時にこの頃、母親は子供の泣き声やぐずる声に絶えず悩まされます。

実際、子供は眠いといっては泣き、お腹が減ったといっては泣き、暑いといっては泣きだします。子供の泣き声はまさしく、子供の訴えであり甘えであり、生きている証でもあるのです。

これに対して、母親はつきっきりで応え、子供を心地よく、眠りやすくするように努めます。

しかしときに対応しきれず、泣く子に腹を立てたり、さらには怒ることもしばしばです。母親が育児ノイローゼになるのもこういうときです。

でも多くの母親は、この子供の泣き声がさほど気になりません。それどころか、母親にとっては単なる泣き声というより、子供が懸命に自分に呼びかけ、甘えている愛のメッセージときこえるのです。

この泣き声に平気になれる過程も、そしてなれる状態も、まさしく鈍感力のおかげです。そして、母親だからこそ、こういう状態に馴染んでいけるのです。

もしこれを第三者がきいたら、うるさくて苛々して、そんな子供を抱いている母親に「うるさい、しずかにさせてください」と、文句の一つもいいたくなります。

多くの人には気になり、耐え難い子供の泣き声が、母親にはさほどの騒音とも不快な泣き声ともきこえない。

この無神経さ、鈍感さは、母親だけに与えられた能力であり、逞しさです。

そしてこの鈍感力は、その子の父親といえども、もち合わせているとはかぎりません。たとえ父親でも自らお腹を痛めていない分だけ、泣き声に敏感で、苛立ちます。他人ほどではないにしても、母親ほどのんびり受け入れることができません。

したがって、夜間、泣き続ける子供の横で眠れず、ついには枕を持って別室に逃げ出します。

こういうとき、夫たちは、「俺(おれ)は明日、会社があるから、他の部屋で寝る」と、会社のせいにしますが、それは泣き声とともに休めるだけの、鈍感力に欠けているからです。

愛しい汚さ

子供がやや長じていわゆる離乳期になっても、母親の素敵な鈍感力は衰えることはありません。

この時期、母親はつきっきりで子供の食事の面倒を見ますが、子供は出されたものを素直に食べるとはかぎりません。

せっかく母親が、やわらかいご飯と消化のいい魚の白身や卵の黄身などを与えても、スムースに口に運んでいきません。スプーンに盛られたご飯を食べるかと思うと、急にいやいやをしたり、ときには一気に食べ過ぎて喉(のど)につかえて吐き出したり、さらには食卓の下にこぼしたり、少しも目を離せません。

もちろん母親はそれらを注意深く観察して、なにかあったらすぐやめさせたり、汚れたエプロンを取り替えたり、さらにはこぼれたご飯を拾って、ときにはそれを自分の口に運んでしまいます。

はっきりいって、これだけのことを普通の人はできません。

ここで普通というのは、母親以外のいわゆる赤の他人のことですが、この人たちにとっては、幼い子供がご飯を食べている情景は汚くて騒々しくて、見たくないというのが正直な実感です。

さらには、子育てしたことのあるおばさんや保育士さんでも、汚れたエプロンは替えられても、まわりに散らかしたご飯まで口に入れることはできません。

むろん父親も、そこまではしないでしょう。

しかし母親はそれをさほど不潔とも思わず、ごく自然にできるのです。

これこそ、鈍感力以外のなにものでもありません。

自分のお腹を痛めて産んだ子供がやることはすべて愛しくて、許せる。

この許せる気持そのものが、まさしく鈍感力を生みだす原点になるのです。

そして母親は、汚い状態に鈍感になるのではなく、愛する子供の汚さにかぎって、鈍感になれるのです。

子を許す母

これまで記してきた母親の子供に対する鈍感力はまだまだほんの一部にすぎません。

この他に、子供が駄々をこねるのも、大きくなるにつれて現れてくる我儘も、生意気さもすべて許し、耐えることができるのです。

しかしこれらのなかでもっとも強く偉大なものは、罪を犯した我が子を許す母親の寛大さです。

一般に、小さな喧嘩から泥棒、果ては殺人まで、それらを犯した人間に対して、すべての人は憎み、許しません。犯罪者として激しく非難し、厳罰を求めます。

これら四面楚歌の犯罪者に対して、唯一、心から救いの手を差しのべられるのは、母親です。

こんな非道いことをして、これだけ周りの人々に迷惑をかけた人間であることは充分わかったうえで、それでも母親はその子を許そうとします。悪いことをしたのは充分承知の上で、なお我が子をかばい、助けようとします。

見方によっては、これほど悪に鈍感で、一人よがりなことはありません。

しかし、それを母親は自分の子供にだけは平然とできるのです。とくに怯(おび)える様子もなく、母親は罪を犯した子の手を握り、一緒に泣き、慰め合うことができるのです。

しかも多くの人たちは、この母親の身勝手な鈍感力だけは批判せず、静かに見守り、これだけは誰(だれ)も罵(ののし)り非難することはできません。

まさしく、母と子は最強の鈍感力で結ばれた信頼関係、といってもいいすぎではありません。

子供を育てたことのある女性はよく、「一人でいいから子供を産んで、育ててごらんなさい」といいます。「子供を産んで育てることで、自分も大きく成長することができますよ」ともいいます。

この言葉はたしかに、真実に違いありません。

一人でも子供を産んで育てたという、そのことによって母親はもはやなにごとが起きても揺るがない、鈍感力を身につけることができるのです。

子供を産んだことがある女性と、ない女性。そして子供を産めない男性たち。そのあいだには、この決定的な鈍感力の違いが生じ、これがその後の生き方にも大きく影響を与えます。

やはり子供を産んだことがない女性、そして男性は、母としての圧倒的な鈍感力を身につけていない分だけ、どこかひ弱で脆(もろ)いのです。そして子供を産んで育てた女性は、いざというときに、信じられない強さと逞しさを発揮します。「母は強し」というのは、まさにこのことをいうのです。

以上十七章にわたって書いてきましたが、鋭いとかシャープであることだけが才能ではありません。それ以上に、些細(ささい)なことで揺るがない鈍さこそ、生きていくうえでもっとも大切で、基本になる才能です。

そしてこの鈍感力があってこそ、鋭さやナイーヴさも、本当の才能となって輝きだすのです。

集英社文庫

鈍感力(どんかんりょく)

2010年3月25日　第1刷
2025年4月13日　第22刷

定価はカバーに表示してあります。

著　者　渡辺淳一(わたなべじゅんいち)

発行者　樋口尚也

発行所　株式会社　集英社
東京都千代田区一ツ橋2-5-10　〒101-8050
電話　【編集部】03-3230-6095
【読者係】03-3230-6080
【販売部】03-3230-6393(書店専用)

印　刷　TOPPANクロレ株式会社

製　本　TOPPANクロレ株式会社

フォーマットデザイン　アリヤマデザインストア　　マークデザイン　居山浩二

ISBN978-4-08-746542-6 C0195